朗诵是一种高雅的姿态

朗诵是一种神圣的仪式

曹文轩

曹文轩
美文朗读
·珍藏版·

黑咒语

曹文轩 著

北京大学出版社
PEKING UNIVERSITY PRESS

图书在版编目（CIP）数据

黑咒语 / 曹文轩著. —北京：北京大学出版社，2011.7
（曹文轩美文朗读·珍藏版）
ISBN 978-7-301-17163-9

Ⅰ.①黑… Ⅱ.①曹… Ⅲ.①儿童文学－小说－作品集－中国－当代 Ⅳ.①I287.47

中国版本图书馆 CIP 数据核字（2010）第 074703 号

书　　　名：	黑咒语
著作责任者：	曹文轩　著
丛书主持：	郭　莉
责任编辑：	于　娜
全书彩绘：	Y. nana
标准书号：	ISBN 978-7-301-17163-9/I·2230
出版发行：	北京大学出版社（北京市海淀区成府路 205 号　100871）
网　　址：	http://www.jycb.org　　http://www.pup.cn
电子信箱：	zyl@pup.pku.edu.cn
电　　话：	邮购部 62752015　发行部 62750672　编辑部 62767346
	出版部 62754962
印　刷　者：	北京中科印刷有限公司
经　销　者：	新华书店
	890 毫米×1240 毫米　A5　8.375 印张　120 千字　4 插页
	2011 年 7 月第 1 版　2014 年 6 月第 2 次印刷
定　　价：	25.00 元（附光盘）

未经许可，不得以任何方式复制或抄袭本书之部分或全部内容。
版权所有，侵权必究
举报电话：(010) 62752024　电子信箱：fd@pup.pku.edu.cn

曹文轩，1954年1月生于江苏盐城。中国作家协会全国委员会委员，北京作家协会副主席，北京大学教授、博士生导师。主要文学作品集有《红葫芦》、《甜橙树》等。长篇小说有《山羊不吃天堂草》、《草房子》、《红瓦》、《根鸟》、《细米》、《青铜葵花》、《天瓢》、《大王书》等。《红瓦》、《草房子》、《根鸟》、《细米》、《天瓢》、《青铜葵花》以及一些短篇小说分别被翻译为英、法、德、日、韩等文字。获奖40余种，其中有中国安徒生奖、国家图书奖、"五个一工程"优秀作品奖、中国图书奖、中华人民共和国政府图书奖、宋庆龄文学奖金奖、中国作协儿童文学奖、冰心文学大奖、金鸡奖最佳编剧奖、中国电影华表奖、德黑兰国际电影节"金蝴蝶"奖等。2004年获国际安徒生奖提名奖。

曹文轩老师给孩子们讲阅读

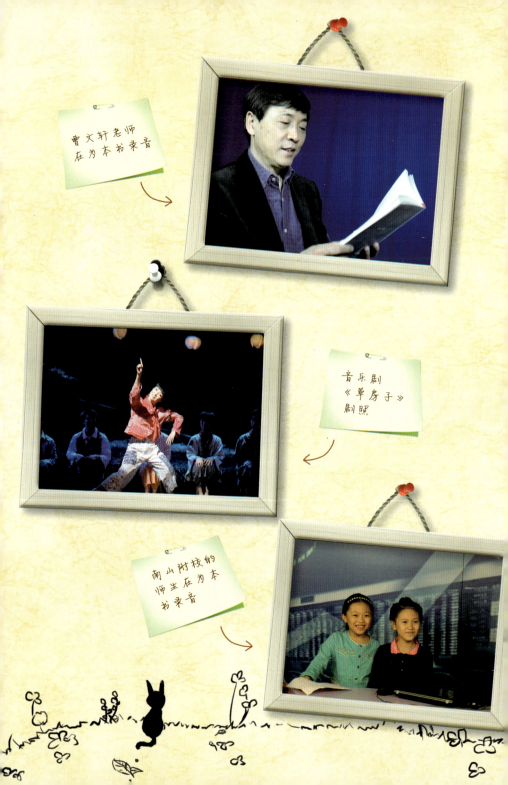

　　时值仲夏，满山遍野的麦子已一片金黄。那颜色与阳光不分，仿佛就是阳光染就的。

——《火焰如刀》

根鸟竟然读不出独眼老人手势的意思,而跳起来朝老人挥动着欢呼的双臂。

——《鬼谷》

在那座古老的房子里,她不分春夏秋冬,不分白天黑夜,全神贯注地为小城里的人们做着布娃娃。

——《菊花娃娃》

　　风车很卖力,日夜不停地给那三十亩地车着水。它显得温顺、憨厚和勤劳,叫人心里喜欢。

——《野风车》

出版说明

我社于2009年5月出版的"曹文轩美文朗读"丛书，以其唯美风格和高雅品质，受到了广大读者的热烈欢迎。

应各地读者的强烈要求，今年我社又推出"曹文轩美文朗读·珍藏版"。"珍藏版"除了新增部分篇目，制作更为唯美的封面、插图，并更新书名外，还在所附的示范朗读光盘中增加了曹文轩教授、四川人民艺术剧院《草房子》音乐剧演员、中央教育科学研究所南山附属学校"天堂鸟阅读团队"师生等所作的示范朗读。这套丛书装帧采用精美的软精装，非常适合小读者收藏。

北京大学出版社
2011年7月

朗读的意义

曹文轩

关于阅读的意义，我们已经有了丰富多彩的阐述：阅读是一种人生方式；阅读是对人的经验的壮大；阅读还有助于创造经验；阅读养性；阅读的力量神奇到能改变一个人的外形；在没有宗教情怀的世界里，阅读甚至可以作为一门优美而神圣的宗教……

可在今天这个有着无穷无尽的诱惑的世界里，人们对阅读却越来越疏离了，甚至连中小学生们都对阅读越来越不感兴趣了。这个情况当然是很糟糕的，甚至是很悲哀的。

无数的人问我："究竟有什么办法让孩子喜欢阅读？"

我答道："朗读——通过朗读，将他们从声音世界渡到文字世界。"

难道还有更好的方法吗？一个孩子不愿意阅读，你对他讲阅读的意义，有用吗？就怕是你说到天上去，他大概还是不肯阅读的。可是我们现在来做一个设想：一个具有出色朗读能力的语文老师或者是学校请来的一个著名演员，在他们班上声情并茂地朗读了一部小说里的片段，那是一个优美的、感人的、智慧的、扣人心弦的精彩片段，那个孩子在不知不觉之中被深深吸引住了，朗读结束之后，他就一直在惦记着那部小说，甚至急切地想看到那部小说，后来他终于看到了它，而一旦他进入了文字世界之后，就再也不想放弃了。于是，我们就可以有充足的理由对这个孩子的阅读乃至成长抱了希望。

朗读在发达国家是一个日常行为。

2006年9月，我应邀参加了第六届柏林国际文学节。在柏林的几天时间里，我参加最多的就是各种各样的朗读会。他们将我的长篇小说《草房子》以及我的一些短篇小说翻译成德文，然后请他们国家的一流演员去学校、去社区图书馆朗读，参加者有学生，也有成年人——不同阶层、不同年龄的成年人。在我的感觉里，朗读对他们而言，是日常生活中一件经常的却是非常重要的事情。四五人、五六人、十几人、上百人坐下来，然后听一个或几个人朗读一篇（部）经典的作品，或一段，或全文。可见朗读在德国这样的发达国家，是一种日常的、同时也是一种非常优雅的行为。

"'语文'学科，早先叫'国文'，后改为'国语'，1949年后改称'语文'，从字面上看，'语'的地位似乎提高了，实际上，'重文轻语'是中国语文教学中的一大弊病。"（刘卓）

"语文语文"，"文"是第一的，"语"是次要的，甚至是无足轻重的。重"文"轻"语"，这是中国的文化传统。中国在很多时候，把"文"看得十分重要，而把"语"给忽略掉了，甚至是贬低"语"的。"巧言令色"，能说会道，是坏事。是君子，便应"讷于言而敏于行"。"讷"——"木讷"的"讷"，便是指一个人语言迟钝，乃至沉默寡言，而这是美德，认为这样的人是仁者。

"水深流去慢，贵人话语迟。"这便是中国人数百年、数千年所欣羡的境界。当然中国也有极端的历史时期是讲究说的。说客——说客时代。那番滔滔雄辩，口若悬河，真是让人对语言的能力感到惊讶。但日常生活中，中国人还是不太喜欢能说会道的人的。"讷"，竟然成了做人最高的境界之一，这实在让人感到可疑。

2008年，美国总统竞选，很让我着迷，着迷的就是奥巴马的演讲。他的演讲很神气，很精彩，很迷人，很有诗意。从某种意义上讲，美国总统竞选，就是比一比谁更能说——更能"语"。我听奥巴马的讲演，就觉得他是在朗读优美的篇章。

说到朗读上来——不朗读——不"语"，我们对"文"也就难以有最深切的理解。

我去各地中小学校作讲座，总要事先告知学校的校长老师，让他们通知听讲座的孩子带上本子和笔。我要送孩子们几句话。每送一句，我都要求他们记在本子上。接下来，就是请求他们大声朗读我送给他们的每一句话。我对他们说："孩子们，有些话，我们是需要念出来甚至是需要喊出来的，而且要很多人在一起念出来、喊出来。这是一种仪式，这种仪式对我们的成长是有用的。"

当我们朗读时，特别是当我们许多人在一起朗读时，我们自然就有了一种仪式感。

而人类是不能没有仪式感的。

仪式感纯洁和圣化了我们的心灵，使我们在那些玩世不恭、只知游戏的轻浮与浅薄的时代，有了一分严肃，一分崇高。

于是，人类社会有了质量。

当下是口语化的时代，而这口语的质量又相当低下。恶俗的口语，已成为时尚，这大概不是一件好事。

优质的民族语言，当然包括口语。

口语的优质，是与书面语的悄然进入密切相关的。而这其中，朗读是将书面语的因素转入口语，从而使口语的品质得以提高的很重要的一环。

朗读着，朗读着，优美的书面语在不知不觉中变成了口语，从而提升了口语的质量。

朗读是体会民族语言之优美的重要途径。

汉语的音乐性、汉语的特有声调，所有这一切，都使得汉语成为一种在声音上优美绝伦的语言。朗读既可以帮助学生们加深对文本的理解，同时也可以帮助他们感受我们民族语言的声音之美，从而培养他们对母语的亲近感。

朗读还有一大好处，那就是它可以帮助我们淘汰那些损伤精神和心智的末流作品。

谁都知道，能被朗读的文本，一定是美文，是抒情的或智慧的文字，不然是无法朗读的。通过朗读，我们很容易地就把那些末流的作品杜绝在大门之外。

北大出版社打造这套丛书，我之所以愿意从我全部的文字中筛选出这些文字，都是一个用意——

以这些也许微不足道的文字，去迎接一个朗读时代的到来。

2009年5月8日于北京大学蓝旗营

目录

火焰如刀 / 1

 黑咒语 * (12—18)   示范朗读者：四川人民艺术剧院 贾建立

 王道 (46—59)

 红缨 (71—81)

菊坡 / 83

 天鹰 (86—96)

 青黑枣 * (111—117)   示范朗读者：四川人民艺术剧院 王雷

 飞翔的梦 (120-125)

鬼谷 / 135

 独眼老人 * (169—174)   示范朗读者：中央教科所南山附校 吴志红、李世勇

红珍珠（178—189）

菊花娃娃 / 191

菊花娃娃＊（193—199）　　示范朗读者：中央人民广播电台　成亚

飞翔的鸟窝 / 201

远山，有座雕像 / 207

远山，有座雕像＊（214—221）　示范朗读者：中央教科所南山附校　林静子、麦姬、关皓天

野风车 / 233

等风（247—251）

注：目录中楷体字篇目为推荐朗读内容，其中，标有"＊"的，为示范朗读内容，其正文已配录音。正文中凡推荐朗读的内容均已用楷体字标示。

火焰如刀

曹文轩美文朗读·珍藏版
CAOWENXUAN MEIWEN LANGDU ZHENCANGBAN

时值仲夏,满山遍野的麦子已一片金黄。那颜色与阳光不分,仿佛就是阳光染就的。天气十分晴朗,高高矮矮的山,远远近近的村庄,上上下下的麦地,让几天以来一直在荒无人烟的道路上行军的茫军非常喜欢,而更使他们振奋的是到处长着的橡树。

——《火焰如刀》

黑咒语
HEIZHOUYU

（背景提示：一个叫熄的屠夫死后在地狱中学会黑巫术，并偷了一把魔伞逃回人间。他使用自己的魔法，散布瘟疫，篡夺了这个疆域无边的大国的王位，剥夺了人间的光明、声音、语言、灵魂，等等，致使生灵涂炭……然而，熄仍被心头的隐患所纠缠，他担心智慧而美丽的文字总有一天会让人们觉醒，为此，熄呼风唤雨，又发动了一场"焚书"浩劫……熄万万没想到，当全国的书籍被集中到王宫门前的广场上焚烧时，有一本书从万丈火焰中优美而壮丽地飞上了夜空，它是一本桀骜不驯的书、一本隐藏韬略的书。它是书中之书，是"大王书"。它的新主人，是牧羊少年茫。

一些不愿意接受熄的黑暗统治的人逃到了王国边缘的山林中，他们的核心人物叫柯。柯有一条形影不离的灰犬。柯在寻找一位能够带领人们反抗熄的首领。当他发现茫是大王书的主人的时候，便认定茫就是他要寻找的那个人，于是他劝说人们跟随茫，组成了茫军，一起反抗熄的黑暗统治。

茫军将士在过橡树湾时，被巫师团生起的魔火挡住了去路。他们想尽了办法都灭不了魔火。眼看熄军主力马上就要到达橡树湾了,神奇的"大王书"在千钧一发的时刻给茫以暗示,在神秘的橡树湾展开了一场惊心动魄的战役。)

1

当天,涣散而无望的茫军,重又振作起精神,夕阳西下时,再次踏上了向南方进军的征程。在柯的主持下,茫军的诸位将军们最后商量决定:以最快的速度将被王耽搁的时间追回来。新的银山作战计划诞生了。在这份作战计划里,每一寸时间,都是被敲定了的:明年春季来临时,必须攻克。

茫骑在马上,一副不答理人的样子。

但这个形象的出现,对于茫军将士而言,无异于在漫漫长夜里忽然看到冉冉升起一轮大大的太阳,无异于一只小船漂泊于无边无际的大海忽然看到了一线青黑色的、长长的海岸一样。尽管马上的茫——他们的王并不快乐,但他能一身戎装骑着马走在他们中间,依然一副王者的样子,他们就已经有足够的理由欢欣鼓舞了。他们朝他笑着,一点儿也不在乎他冰冷着的脸。

行军一直不停地在进行,其间与熄军有过几次交战,但都是一些小规模的。茫军的进军路线是经过柯和其他将军们精心选择的,充满了想象力,而其中的核心安排,竟出自茫的智慧——这智慧来自于天地的教化,是风雪给予的,是山河给予的,是草木和羊群以及普天之下的大大小小生灵给予的。一些看上去还很孩子气的想法,却使沙场经验丰富的将军们感到愕然和惊诧。每每研究作战计划,只要有茫的参与,将军们就常有火花迸发的惊奇。但将军们在看到茫的造化时,却并没有注意到柯对茫的循循善诱。由于熄军的思路一时根本对不上茫军的思路,集结的大军磨刀霍霍,严阵以待,但常常是白白地守候——茫军早从另外的一条路线悄悄地走掉了。茫军将一场战争变成了一场充满艺术性的游戏。熄军以为某一处一定有一场恶战,但茫军却就是不愿成全他们,虚晃一枪便如乌蛇潜入草丛,再次露面的地方,则完全不在熄军所料之中。熄军以为某一处,茫军肯定不会做什么文章,而事实上茫军恰恰在这里好好做了一番文章,结果是防守的熄军措手不及,不是全军覆没,就是四散逃窜。明明得知茫军大部队过来了,在这里布下重兵,但过来的却是茫军的小股队伍,且都是抹了油一般机敏迅捷的骑兵,眼见着就从眼皮底下跑掉了,也不知跑到了什么地方。在这段时间内,熄军居然有这样一种感觉:茫不仅指挥着茫军,还指挥着熄军。

熄军的思路,跟不上茫军的思路,就像猪跟不上狗,毛驴跟不上骏马,乌鸦跟不上雄鹰。

当然,这只是很久前与现在的情况。而此前一段时间,茫军的思路好像突然被熄军把握了,致使茫军一连吃了几次败仗——那正是茫心中一片荒芜,只有一盏红纱灯照耀、只有变幻无穷回响在耳畔的歌声,而将他的军队与职责几乎忘却得一干二净的时日。

现在,似乎一切又都好了起来。

想到熄军,茫军心中,一股智慧的优越感油然而生。

茫军说:"熄是一头猪,熄军是一群猪!"

又火速行军了五天。由于一路上很少战事,茫军将士都感到日子过得过于平淡,兴致不高,行军速度渐渐慢了下来。柯骑着马,不停地催促着他们

黑咒语
HEIZHOUYU

加快步伐。他日夜掐算着时间，不能容许有丝毫的耽搁。他心里很清楚，在这段时间内，茫军必须走完多少路程。他在马上催促那些委靡不振的士兵："你们都是些什么？一群牛虻！非得闻到血腥味，你们才会嗡嗡乱叫，才会精神！"

这天，一个消息很快传遍茫军：明日将抵达一个叫橡树湾的地方。

这一回，还真是巫师团猜对了。在很长的一段时间里，熄军的将军们总是对一个判断坚信不疑：茫军不会走橡树湾。一次又一次在预料之中的交锋，更支持了他们的判断：他们要与茫军进行一场恶战的地方，并不在橡树湾，而是在一个叫麦家渡的地方。来自四面八方的情报以及从军事上的常理来看，茫军只会走麦家渡。然而，茫军从一开始就确定是走橡树湾而不是麦家渡。为将熄军的心思引向麦家渡，他们在很长一段时间里，都在帮熄军坚定那个判断。有时，他们甚至适当地作出了一些牺牲。当熄军终于从迷局中醒悟时，他们欲要与茫军全面交战从而重创茫军的计划几乎已经不可能了。但，熄并未甘心。他依然急切地调集已被茫调动开的军队，企图要在橡树湾这一片狭长地带收拾茫军。

随着大军日益接近很久之前就一直企盼着的橡树湾,茫也变得意气风发。他挺直了身子骑在马上,连日苍黄的脸色一下子变得红润而有光泽。那双冷漠而忧伤的眼睛,却如潭水被清风所吹,闪耀着生动而富有活力的光泽。一直紧绷的嘴角,也终于流淌出笑意。白马载着他,或缓行,或急驰,无论是缓行还是急驰,在茫军将士的感觉里,他都像他们的灵魂在他们周遭的空气里飘荡。这使他们感到踏实,感到光明,感到欢欣鼓舞。

白马载着他,所到之处,都是虔诚的敬礼与欢呼。

茫一点儿一点儿地重又想到了:我是王!

当他终于又意识到这点时,他觉得一切都又改变了,他的身体,他的心灵,都有了别样的感觉。他甚至觉得这天空、大地,所有的一切也都改变了,它们是那么的博大神圣,那么的庄严肃穆。

骑在白马上,他的视野里,常常不是他的军队,而是太阳、月亮、起伏的山峰、奔腾不息的河流和在天空翱翔的鸟群。

黑咒语
HEIZHOUYU

一个已经有点儿老态龙钟的老兵,在看到茫骑在马上,停留于一棵枫树下时,感叹道:"我们的王,说是个孩子,真像是一个孩子,说是个王,又真像是一个王!"

2

那天,蚯从巫屋追出来,追上了熄:"大王……"

熄有点儿不耐烦地说:"我已经知道,如果茫军真走橡树湾,就用大火封住峡谷通道,拦住他们的去路,只等我军从四面八方聚拢过来……"

蚯笑了:"这事若果真这样,也是大王您的造化。不过,还得请大王助一臂之力。"

熄有点疑惑不解。

蚯说:"我们可以燃起火来,也能让火一燃几日不灭,可要让这火燃得很有阵势——满满一峡谷的大火,还得靠大王您。"

"我?"

"是,大王。"

"我?"

"是,大王,您的伞。"

"伞?"

"只有它能将火燃成一片火海。"

熄双目一亮,随即把大手拍在蚯的肩上……

当种种迹象表明茫军要走的真是橡树湾时,熄感到异常兴奋。他几乎要在心里感激他的将军们的愚蠢了。也许,现在这种局面比茫军要走麦家渡更好——走麦家渡,茫军虽会遭受重创,但未必能够歼灭他们,但橡树湾却能成为茫军最后的坟场。那块狭长的地带,简直就是装殓茫军的棺材。

掐算好时间,熄带着一支精明强悍的军队和巫师团从都城出发,不久就到达橡树湾。

那时,茫军已离橡树湾近在咫尺,而熄军的各路大军也正在从遥远的地方匆匆赶往橡树湾。这一注定要在茫军作战史上也注定要在熄军作战史添上浓墨重彩的一笔的战役,是一场关于时间的战役。茫军必须要在那个时间通过橡树湾,而熄军也必须要在那个时间将茫军阻止在橡树湾。熄军的各路大军必须火速赶到,但却又不能抢在茫军到达之前赶到。因为,在茫军未走入橡树湾这一狭长地带时,

黑咒语
HEIZHOUYU

茫军完全可以在开阔地带与熄军打上一仗，然后扭头就走，也可以完全避开熄军，不与其交锋便另择他路。茫军考虑到其力量与熄军相比仍然十分悬殊这一实际状态，因此，近期的战略十分明确：暂时不去与熄军交战，而直指银山。银山攻克之后，将使成千上万失聪之人恢复听力。那时，茫军的兵源会有极大的补充，两军力量的对比将会发生历史性的变化。而现在的局面是：茫军如果能及时走过橡树湾，便是时间的胜利者；熄军如果使茫军在那一段时间内无法走过橡树湾，那么熄军就是时间的胜利者。

茫军获悉熄军已经得知茫军的进军路线之后，并无惊愕，因为，茫军知道，这是一个不可能永远不被暴露的计划。但是，茫军早已计算出时间，当熄军最终得知他们的进军路线时，实际上已经无法调集早被茫军支得远远的大军，也就无法抢先到达橡树湾。对于熄军而言，这之间大约相差三至五天的路程，等他们到达橡树湾，茫军早不知去向了。从距离上讲，唯一能抢在茫军之前到达橡树湾的，只有都城的军队。但这支军队只是用于保卫都城，并非熄军主力,谅熄也没有这个胆量率领这支军队去橡树湾与茫军作战,茫军倒是希望熄能鲁莽从事——吃掉这支军队,对于百万茫军而言,简直易如反掌。熄军之所以没有料到茫军会选择这条路线的另一个原因便是这条路线实在离都城太近了,而当时的熄军,有大量的军队就部署在都城四周各大大小小的城池。茫军就是这样出其不意地走一步险棋。

茫军先头部队抵达橡树湾,是这一天将近中午的时候。

时值仲夏,满山遍野的麦子已一片金黄。那颜色与阳光不分,仿佛就是阳光染就的。天气十分晴朗,高高矮矮的山,远远近近的村庄,上上下下的麦地,让几天以来一直在荒无人烟的道路上行军的茫军非常喜欢,而更使他们振奋的是到处长着的橡树。这是一种肥硕、巨大的植物,树冠极其茂盛,齿状的或浅裂的叶片,暗绿到接近于黑,头天刚下过雨,叶上尘埃冲洗一净,那叶片便一片一片地如涂了油一般发出高贵的光泽。这些树牢牢地长在大地上,给人一种威武不屈、永不能摧毁的感觉。许多茫军将士在看它们长在地面上的样子时,却不住地想象它们在地底下的那番风光,因为橡树的树冠有多大,它在地下的树根就有多广。

那地下的延伸与盘根错节的姿态,一定十分迷人。

这古老而又显得神圣的植物,使茫军将士不禁肃然起敬。

茫军的旗帜在阳光下翻动着,到处是欢声笑语的将士,战马的嘶鸣不时在峡谷间回响。

茫一直没有从马背上下来,默默地俯瞰着坡下的那块狭长的平地。与平地相连的,便是更为狭长的通道。通道两侧,是无法攀登的、耸入云霄的悬崖。通道似乎很长,也不知前头究竟是何情景。那块狭长平地的那一边,竟是一条河流,蜿蜒曲折之后,突然消失在大山的背后。虽说也可作为水道,但要从橡树湾走到外面,却得在崇山峻岭间行走许多日子,才可走出。

坡下,十分安静,安静得有点儿让人生疑。茫和柯以及其他将军,已几次交换眼色。

离峡谷口不远处,是一个很有规模的村庄,橡

黑咒语

树湾人似乎差不多都住在这个村庄里，因为其他地方，只有一两幢村舍。

不见村中有什么人。

茫军犹疑了一阵，觉得也没有什么理由要怀疑坡下，再说了，即便是埋伏了一些熄军，也没有什么大不了的，三下两下，干掉他们就是了，于是便开始向坡下缓缓行进。队伍先是如一条细流从上流淌下来，但上面的将士有点儿等不及了，便散乱开来，从不同的位置，纷纷向那块平地进发，一条细流变成了几条细流，几条细流最终变成了宽宽的瀑布，很快倾泻到了那块平地上，一时间，那平地上便乌泱乌泱的到处是茫军将士。

距离峡谷的通道口，大约有半里路的样子。

虽说是狭长地带，其实也是一块很大的地方，也算是山谷之间一块小小的平原。将士们觉得有点儿拥挤，又被周围景色所吸引，便分散了开去。就在柯和茫商量着是否让军队就在这块平地上稍作休整时，峡谷口的村庄，以及树林忽然动静大作，不一会儿，就显现出一大队人马来。马蹄嘚嘚，但却没有冲茫军而来，转眼间就进了峡谷通道。那通道里都是高高的荒草,看上去也就是荒草,却随着马蹄声的逐渐稠密与宏大,忽地,荒草丛中又站立起无数的士兵。

见此情形,茫军竟不知如何应对了。

那支队伍进入峡谷通道一段路程之后,竟然不慌不忙地停下了。

茫军根本没有想到,那个骑在黑马上的人竟然就是——熄。

一袭黑袍的巫师们从人群中闪出,一字排开,向峡谷通道口走来。风吹起他们的黑袍,犹如滚动的黑潮。

蝉捧着取自红檀香的火种,又从巫师们中间走出,更向峡谷通道口走了一段。那火种在他的掌上犹如黎明前西边天空的一颗亮星。

茫军看着峡谷通道上那些充满仪式感的古怪举动,完全不清楚那帮人意欲何为。

蝉撩起长袍,单腿跪下,将火种轻轻放在地面上,然后站起,向后倒退了十几步,目不转睛地看着那地上的火,然后便在口中念念有词。念着念着,那地上的火苗就像一个小精灵开始摇曳,并且迅速在变大、变亮、变凶，不一会儿，便烧到了两侧，一下子将路封上了。

茫军似乎意识到了什么，顿时鸦雀无声，所有的目光，一起投向了峡谷通道。

这时，全体巫师一起开始念唱。念的什么，唱的什么，茫军将士都未听清。但那念唱却是十分的有气势。抑扬顿挫，声向高处时，犹上云端，声向低处时，犹堕幽谷。有海浪般的起伏，有风暴般的摇撼，有溪水般的悠长，有清风般的舒徐。滚石，流沙，风走林梢，马踏碎石……唱到后来，甚至有了花样，一会儿是大巫师蚯独自吟哦，一会儿是众声一起唱念，有时还分了声部，此起彼伏，仿佛几条河流前呼后拥，你追我赶，到了后来又合为一个河床，继续向前奔流，并激起浪花无数。

天空阔荡，有长风从山野上吹过。无数的乌鸦在平地上空飞翔，一泡泡白色的粪便犹如雨点落下。

在巫师团的唱念声中，那火势愈来愈大，愈来愈猛。晃动的火焰，犹如波光，背后的巫师与熄军犹在水中晃动。

柯对茫说："大王，现在冲过去，还来得及！"

黑咒语
HEIZHOUYU

茫说:"立即传达我的命令,全军将士,要不顾一切地冲杀过去!"

然而,就在茫军要冲杀过去之时,熄从橘营女孩手中的黑檀盒中取出了那把黑伞,随即一声长叹,用苍老而雄劲的喉咙吼唱起来:

> 大野无疆,
> 黑穹庐万丈高。
> 西风萧萧,
> 红日消。
> 漏船万只,
> 浪滔滔,浪滔滔。
> 看尽白浪翻红浪,
> 听得遍地野狼嚎,
> 滴血飘飘,
> 飘飘。
> 火焰如刀,
> 如刀,
> 如刀……

在撕心裂肺的唱声中,熄将黑伞撑开、收起、撑开、收起、撑开……那火仿佛是在不停地被灌注着力气,不住地抖擞着,刹那间汹涌澎湃,注满了漫长一段峡谷通道,转眼间,熄与他的军队就被高大浑厚的火墙遮蔽了,只有熄的声音从火中穿过,带着灼热,隐隐约约地传来……

冲杀到大火面前的茫军,被滚滚热浪猛地推了回来。

不远处的村庄,那些被熄军恫吓而困在家中的村民们,在熄军走后,纷纷跑了出来,这时,正在村里村外观望那一通道的大火,一个个无不目瞪口呆……

3

茫军一时束手无策,只指望这大火慢慢地熄灭掉——它总不会这般没完没了地燃烧下去吧?可是一直等到天黑,那大火也没有丝毫减弱的迹象,就这么不知疲倦地燃烧着。

夜晚,天上有轮圆月,地上有片大火,世界亮堂堂的。

茫军将士的心头却笼罩着沉重的乌云。这乌云堆压在心头,随着时间的流淌,越来越浓,越来越重,并向人的血液里漫涌过来。

火光将悬崖照成红色,将悬崖上的树也照成红色,仿佛悬崖和树也都在燃烧。

茫军在计算和估测熄军主力到达的时间,算来算去,熄军主力到达的时间还要有几天。这么一计算,满地的帐篷中,茫军将士大多倒也不当回事地睡去了:这火即使自己不灭,也总能将它灭掉的——天下就没有灭不了的火。

柯和一些将军,却站在夜空下眺望着那片大火,隐隐约约地觉得这其中有点儿险恶。

茫被柯和将士们劝回到了军帐里,但他并不能入睡,负疚感紧紧地纠缠着他:若不是因为自己耽误了进攻郎城的最佳时机,若不是因为自己去寻找璇又耽误了几日,也许茫军早就走过这峡谷通道了。他祈求上苍,让那火早点儿熄灭,让他的军队顺利通过。借着窗外照射进来的光,他打开大王书,企图得到它的启示,但翻来翻去都是空白页,没有一星一点儿消息。此时,它更像一块沉默的石头。他知道大王书的脾气,它从来不会轻易地给他启示,许多事情,他只有依靠自己,依靠柯和将士们。也许,大王书的沉默,告诉他的却是更重要的东西,这些东西有关心灵,有关灵魂,有关尊严,有关精神。无论是显示,还是沉默,大王书的伟大与智慧都是无与伦比的。

无助、负疚、对进军的担忧,使茫不禁有点儿焦躁,从榻上起来,披衣走出军帐,向峡谷看去,那火正安静地在月光下燃烧着。他非常恼火,向那火很粗鲁地骂了一句脏话。这句脏话,被几个还未能入睡的士兵听去了,就在黑暗里偷偷地乐。

柯和将士们过来了:"大王,您怎么还没有睡?"

"我倒要看看这大火究竟能嚣张多久!"

柯说:"既然它能一直燃烧到现在,也就一直能够燃烧下去。"

"永远?"茫鄙夷地看着那片大火。

柯说:"永远倒也未必,但只要它连着燃烧三五天,大王,从此,一切也就结束了。"

茫指着火:"明天必须灭掉它!"

黑咒语
HEIZHOUYU

柯说:"是的,大王,我们已商量出一个方案,一切都等到明天再说,今夜就让它尽管燃烧去吧!"他对茫说,"大王,进军帐休息去吧。"转而对其他将军们,"各位将军也都休息去吧。"等茫进了军帐,其他将军也一个个地走开,他才和他的灰犬走向他的帐篷,灰犬脖子上的铃铛在寂静的夜空下,叮当叮当地响着……

不远处,有睡得迷迷瞪瞪的村民到屋外撒尿,见那火还在燃烧,打了一个哈欠,疑惑着:"这火,难道是魔火不成?"也不知是问自己,还是问天。

一棵棵橡树,静穆于夏夜之中,一大团一大团,浓烟一般。有夜风,浓烟晃动,仿佛是一堆堆潮湿的柴火正处在燃烧之前,让人想到,它们也会很快燃烧起来,而一旦燃烧起来,便是更具雄劲的大火。

橡树湾究竟怎么了?

第二天一早,茫军得到命令:取土灭火。

所有的将士都行动起来了,他们用各种各样的工具、各种各样的方法取土、运土。一时根本无法调集那么多的工具,在与村民们协商之后,又借得一部分工具,但即便如此,仍然有很多人空手,于是这部分人就用手去挖,去抠,然后脱下身上的衣服替代泥筐。刚开始还算有秩序,但随着一筐筐的土、一兜兜的土抛撒进大火,而大火却依然毫无收敛时,就越来越混乱了,人碰人,人撞人,不时有人摔倒,泥筐不时地在半路上被掀翻。都有几顿饭的工夫了,火依然如故。将士们与那火便有了一拼的仇恨,随之脾气也就越来越坏,到处都有人在骂骂咧咧,甚至有人在吵架,并动手打了起来,将军们穿梭于混乱的取土、运土的人群中间,不时地向士兵们大声呵斥。

一双双抠挖泥土的手开始流血。

已近中午,人群在叹息与怒骂声中渐渐疲软下来。

茫策马跑向峡谷通道口,直面大火,眼中也是火焰。

柯和将士们跟随在他身后,全都面色凝重。

一位将军想让茫看一看泥土对于大火是如何的无用,就让几个士兵将被人放弃的几筐泥土抛撒进大火。茫看到的情景是:被泥土一时覆盖住的火,转眼间,就像雨后的春笋钻出了泥土——金红色的火笋,将那被顶起的浮土立即烧透,成了金红色的细屑,在大火中纷纷滑落下去。钻出泥土之后的火似乎还更加的生动有力,像无数面在风中簌簌作响的红色的旗帜。

一会儿,茫的额头上便冒出豆粒大的汗珠。他朝大火深处看着,仿佛看到了在大火的那一边,熄正嘲弄地朝他笑着。他狠狠地咬着焦干的嘴唇,掉转马头,离开了大火。

将军们跟随着他,进入了他的军帐。

午后,新的灭火方案形成:取水灭火。

这是毫无新意的方案,但茫军的将军们绞尽脑汁,也不能想出更好的方案。随着时间的白白流逝,他们的心一点儿一点儿紧缩着。恐慌像只黑色的大鸟,在茫军将士的心野上空飞来飞去,凄厉的叫声直叫进灵魂。他们不时会仰头看看坡上,看看熄军的主力是否已经到达——虽然他们心里清楚熄军主力一时半会儿还不能赶到。

这一方案同样以失败而告终。

水泼在火上,除了发出哧啦哧啦的声音,没有看到火有任何的颓势。火苗摇曳着,犹如妖艳的红裙在翩翩起舞，有时，这火还咄咄逼人往前走一走，仿佛那红裙舞疯了，直舞到了台边，甚至要舞到人群里。

茫军无可奈何。

又是一天过去了。天一黑，那火便更加的耀眼。岩石似乎在熔化，在往下流淌，黏稠的、通红的。有夜行的鸟飞过上空，一下被热气熏晕，突然掉了下来。穿过大火时，顷刻间就烧成比火还红的红色，就仿佛一大滴红色的泪珠在红色的火中垂直地坠落下去。

煎熬了一夜之后，全体茫军的脸色都很难看，像橡树湾灰黑色的泥土。

探听熄军主力行进速度的探子，一行十多人，已经出发，最快的马，最好的骑术。

就当茫军在为自己的无能为力而恼火时，这天下午，情形突然有了转机。天空乌云翻滚，眼看，一场暴风雨就要形成！茫军将士见此情形，心都扑通扑通地跳，将拳头握成心的形状——那心也在跳。乌云就呆呆地停留在橡树湾的上空，遮天蔽日。许多老兵生怕它飘走，竟然扑通跪在了地上，看着乌

黑咒语

云，哀求不断："下雨吧！下雨吧！……"

傍晚，雷声大作，每一声炸雷之前，都是闪电。闪电是蓝色的，如游蛇乍现，那一顷刻，周围的山头被照亮，每一棵橡树的树冠都掠过一片蓝汪汪的光；又像是愤怒的鞭子，在抽打山冈，抽打橡树、大地，更像是在抽打那片不屈不挠的大火。

茫军将士，所有的面孔都望着天空，犹如一地焦渴的庄稼。

又是一个炸雷，许多橡树叶被震落在地。随即，丢下一些肥硕的、浑黄的雨点。紧接着，没有间隙一般，大雨便哗啦哗啦地倾泻下来，天地之间，便只有雨和雨烟了。

雨落在大火上，发出一片哧啦哧啦的声音，仿佛是一块块烧红的铁被丢进了水里。

茫军将士和橡树湾的村民们都站在雨中密切地注视着大火：

它好像突然受到惊动，往下矮了一矮，一副蹲伏下去的样子。大雨死死地压迫着它，不让它抬头，而只让它继续矮下去。一丈多高的大火，竟然没过一会儿就矮下去了一半，一道高高的火墙，现在则成了半截火的栅栏。但火在顽强地抵抗着,绝不肯将自己熄灭。向下的雨箭与向上的火矛在不住地顶撞和厮杀。天庭一副大怒的样子,雷声隆隆,从天上滚到山冈,从山冈滚到橡树湾,仿佛要将橡树湾炸翻,蓝色的闪电似乎成了一把极富弹性的剑,在空中挥舞着,雨势又猛了许多,火又被打压下去一截。

这时,茫军可以看到火的那一边了:大雨中,熄带领他的巫师团和军队,也纹丝不动地立在雨中。

隔着火,茫军与熄军在用目光对峙。

就在火败势已定之时,全体巫师念唱声大作,随即马上的熄重又打开了那把黑伞,大声吼唱起来。声音悲怆而又幽远。那声音带有地狱的气息,是那种曾经回荡在永恒黑暗中的声音,是那种曾经蹑手蹑脚走动在枯枝败叶之上的声音,也是曾经登临无人可到的万丈悬崖之上的声音。因为熄曾经是个屠夫,听了太多的牲口在死之前的哀号,熄的声音总免不了有点声嘶力竭。

随着黑伞的一张一合,大风猛烈吹过,将纷纷扬扬的雨丝拦腰斩断,委顿的火又在念唱声中渐渐振作起精神。它们摇摆着,生长着,朝着依然大雨滂沱的天空。火墙在与大雨的对抗中一寸一寸地增长着,而那边的熄军也在从下而上,一寸一寸地被火墙所遮蔽。

雨在变小,轰鸣的雷声犹如被击败的巨兽正在远去,最后变成了天边无奈的呻吟。

湿漉漉的茫军,心中的希望之火正在一点一点地熄灭。

大火那一边,只剩下一张张扭曲的面孔。

雨停了,火墙又恢复到了原来的高度。

人们瘫坐在四处水洼的地上……

4

天完全黑了,但橡树湾却不能够有它的夜晚——火光将橡树湾照成暗橙色。

雨后的橡树湾,空气里既有火的味道,又有草木的清香。橡树所特有的香气,是神圣而又高贵的。远处的山冈上,一种不知名的鸟,在欢快地叫着,声音清脆,一滴一滴地飘落在清洁的空气里。

茫军将士的心情却糟糕透顶。

威胁是头黑色的大兽,正从天边向他们阴森森地走来。而他们却完全不知道该怎么应付。撤出橡树湾的方案已经多次议过,但无论是将军们还是茫,都不认为这是一个好方案。一、改变路线,就将会影响后面的整个战略安排;二、进出橡树湾,只有一条道,现在往回撤,十有八九要遭遇正在赶往橡树湾的熄军主力。倒不是怕打恶仗,而是这一仗一旦打了,茫军虽不至于像熄军所妄想的那样全军覆没,但从此大伤元气,它的使命就将更加难以完成。

其实,现在的茫军几乎就只剩下一个选择:早日穿过峡谷通道。

这个夜晚,除了茫和柯以及那些将军们无法入眠,那些已经疲惫不堪的士兵们却睡得昏天黑地。他们什么也不想了,听天由命吧。

茫在榻上辗转反侧,眼前总是那片疯狂的火。但他的身体却是凉的,甚至心都是凉的——尽管现在是夏天,尽管峡谷通道上的大火将橡树湾烘烤得更加闷热。

这是茫军有史以来最严重的一次危机。

黑咒语
HEIZHOUYU

茫只有祈求大王书向他指点迷津了。

他翻身趴在床上,借着月光望着它,目光里满是虔诚、期望,甚至是乞求与讨好。他望着它:告诉我吧,告诉我吧!我该怎么办?士兵们全都睡去了,因为他们几乎绝望了。他们是多好的士兵啊!他们不正是听从你的召唤而聚集在一起的吗?他们还要前进!前进!还有银山、铜山和铁山在等待他们征服,还有成千上万的人在等待他们去拯救!他们是听从你的指引——听从天意而来到这倒霉的橡树湾的。即便是我们选择错了路线,我们也不应得到这样残酷的惩罚!柯将军他们都尽力了!为了茫军,为了明天的彻底胜利,为了天下的光明、安宁与幸福,柯将军几乎耗尽了心血。从我见到他的那一天开始,就没有见到他曾有过片刻的松懈。他的双鬓眼看着一天一天地白了起来!你选择我,完全是一个错误!我是那么的任性,那么的无知,那么的不可理喻,难为柯将军了!就是这样一群好人,难道你就这般忍心看着他们葬身在橡树湾吗?你听呀,熄军的马蹄声!你听呀,那个杀人不眨眼、诡计多端的魔王熄,在大火的那一边正在嘲笑呢!你以为他嘲笑的就是我和茫军将士们?不,他也在嘲笑你!快点儿告诉我吧,快点儿!如果你见死不救,不再希望我们继续前进,就让这个世界没有尽头地黑暗下去,也请告诉我!我不怕死!再说了,我也不会死。别忘了,我是一个放羊的孩子!我可以走悬崖峭壁、走连兔子都走不过去的路!可是他们不一样,他们已无路可走!……

　　茫想起已经过去的征战岁月。想起了一个又一个残酷而悲壮的战争场景:一座大城,一连几天的战斗,只剩下城头几个士兵还在与敌人的残部厮杀,冷月荒城,只有破损的兵器相击时,发出单调的声音,等茫军大部队赶到时,已是一座死城,街上、城头、城下,到处是战死的茫军将士。在荒漠,一支茫军为保护后方走向安全地带,与几倍于他们的熄军厮杀,从白天厮杀到夜晚,又从夜晚厮杀到第二天凌晨,等后方已经进入安全地带,这支茫军除了一个年轻的士兵还活着,其余将士已全部阵亡。茫率大军赶到时,就见那个年轻士兵从血泊中挣扎起来,望着湛蓝的天空对茫说道:"大王,今天的太阳怎么这样亮啊!"说完便死去了。茫永远记着那张

黑咒语
HEIZHOUYU

面孔——那还是一个孩子的面孔!冬季,白茫茫的雪原,一支茫军与一支熄军相遇,既无山包,又无大树,就是一片空空的、没有任何物体可以掩护的雪原,从早厮杀到晚,最后,一大片雪都被热血融化了,露出了埋在雪下的头年荒草,那荒草在寒风中摇曳,仿佛在对刚刚赶到的茫军诉说着什么……

大王书沉默着。一本书的沉默。

沉重的疲倦终于将茫击倒,他在大王书旁睡着了。

大约是拂晓时分,茫放在大王书上面的胳膊感到了一阵火烤一般的热,茫一惊,醒了。他侧过身来,用手摸了摸大王书,感觉大王书有点儿烫手,他又是一惊,坐了起来。借着从窗外流进的曙色,他看到大王书在颤动,上面的几十页纸在不住地掀动,仿佛书的中间有股热气在不住地升腾,要将压住它的纸顶起、掀翻。

茫揉了揉眼睛,双膝跪在榻上,出神地望着。这时,他看到,有红光从撑开的缝隙处水一般溢了出来。他立即想到了火,心里一阵惊恐,伸手将大王书打开了——

纸上竟有一团火!

一团酒红色的火,在一页纸的中心偏上的地方,跳动着火苗,那火苗像蛇芯子一般吐出,并卷动着。

似乎还有火的声音。

茫首先想到的是火要把大王书烧坏,情急之下,一巴掌拍在了那团火上。他立即有一种被灼伤的感觉。火没有被他扑灭,却从他的手指缝里又漫溢了出来。他立即将手拿开,并下意识地看了看手:发红了,但却并没有被烧伤。他一边用嘴向疼痛的手掌吹气,一边望着大王书:火又恢复成原先的那副形态,继续燃烧。

茫还是担心大王书会被烧坏,他转动着目光,想寻找到一样可以灭火的东西。他看到了侍从为他晨起而备下的一盆洗脸水,便跳下榻来。然而,当他端起水盆要跑回来时,却又将水盆放下了:若是这样,大王书岂不是泡汤了!他只好又去另寻其他可以灭火的东西。这时,他看到一块盾牌,立即将它抓到手上——他要将盾牌扣在那团火上!

拿着盾牌,他反身跑了回来。然而,他看到的情形却是:那团火已消失得无影无踪!他仔细端详大王书，却见它完好如初，那团火消失后，竟了无痕迹！

他长舒了一口气，盾牌从他手中哐当一声落在地上。

门外的卫兵听见军帐内这一声响，不知发生了什么，急忙冲进军帐内："大王！……"

茫挥了挥手，意思是说"没什么"，让卫兵退出军帐。

茫一边用左手不住地拍着胸膛——心还在剧烈跳动，一边用右手合上大王书。

他有一种虚脱的感觉，只好又上榻来，将发软的身体扔在榻上。

那团显得有点儿暗淡的火，还在茫的眼前晃动着。

他思量着那团火的意思，却百思不解大王书究竟要给予他何种启示。

身心疲惫的茫，在东方发白时，竟然迷迷糊糊地睡着了。在还有一点儿清醒之前，他不放心地将一只手放在了大王书之上。他再次醒来，又是以同样的方式被惊醒的——他的手似乎又被灼伤了。

他一骨碌爬了起来,连忙去看依然还有灼伤感的手。看上去,手除了有点红外,并无灼伤的痕迹。

再看大王书,又是不久前看到的情形:上面的几十页纸,似乎被什么力量在冲撞着,一下子一下子在弹跳,仿佛一条在急促呼吸的鱼的腮部。所不同的是,这一次要比上一次的有力。有几次,那下面的力量几乎就要将上面厚厚的几十页纸完全掀开!

火从缝隙里往外呼呼流淌。

茫再一次地将大王书打开了——

又是一团火!

茫不用再担心火会将大王书烧坏或者烧毁了。他虽然还是十分紧张,但毕竟能够跪在榻上细心去观察那团火了。这一回,他必须仔细阅读那团火——这也许是大王书最后一次在暗示他什么。

看着看着,茫看出了这团火与前一次看到的那团火有许多不一样:首先,着火的位置不在一处,上一团火燃烧在这一页纸中心偏上的地方,而这一团火则燃烧在纸的中心偏下的地方;其次,上一团火显得有点苍老,而这一团火则显得十分新鲜、亮丽,非常年轻,生动有力。

黑咒语
HEIZHOUYU

茫一时忘记了茫军已危在旦夕,也忘记了对火的思索,倒欣赏起这一团奇妙的火来:

极其纯净,底部为几乎凝固的深红色,而越往上去,颜色越鲜艳,到了顶部,就成了金红色。火苗的跳动,淘气而又优雅,仿佛是在歌唱着什么,边唱边舞。火在火上唱,火在火上舞,燃烧于纸,却竟又不让人担心它会将纸燃着。

茫微笑着——这是他进入橡树湾之后,他的脸上第一次出现笑容。

早晨,第一束阳光照进了军帐,并正巧照在敞开的大王书上。火与阳光几乎一色,转眼间,便与阳光融合在一起,几乎看不出哪是火,哪是阳光了。

茫竭力要从阳光里看到火,可是越是用力地分辨,就越是分辨不出。他便拿起大王书,欲将它挪移到阳光还未照到的地方。但当他这样做了之后,大王书上已一派干干净净,仿佛那火已彻底地留在阳光里了。

茫再看阳光,阳光也已经不再是刚才看到的阳光了,它更加的明亮和耀眼,并且其中根本没有火的影子。

茫很茫然地看着大王书。此时此刻的大王书，又恢复了它通常的样子。

他将它合上，放在枕边。

从这一刻起，两团火便开始没完没了地纠缠着他。

他走出军帐，举目远眺，峡谷通道上的大火依旧在燃烧。他看着看着，突然觉得第一次出现在大王书上的那团火很像眼前的这片火。虽然，那只是一团，而这是一片，但茫就是觉得它们是一样的火。

那么，另一团火又是什么火呢？

茫走到一棵大橡树下，面朝太阳坐了下来。那时的太阳已离开地面一丈多高了。前方几棵橡树遮住了它，金色的阳光便从枝叶间喷射出来，成了无数粗细不一的金线。

接下来的时间里，茫要思考的便是大王书究竟向他诉说或是暗示了什么。

大王书从来就没有直接告诉过茫什么。它最多只是给了他一个符码，而这个符码的含义，必经茫的心灵与大脑的苦苦思索之后，才能被得到解读。它只是一个引子，下面的文章从来就是交由茫自己去完成的。而且,即使一切都读懂了,但要去实行时,依然困难重重,而余下的这一切,大王书却永远是沉默的。

当茫从大橡树下站起来时,他对那两团火突然有了一个根本性的界定:前一团火,是老火,而后一团火,是新火。

5

茫骑上白马,行进在无数的帐篷之间。

到处是炊烟,到处是胡乱走动的士兵。早晨的空气本应是新鲜的,但因为这么多的茫军拥挤在这一块地方,垃圾、排泄物就只能堆放和流淌在这里,几天下来,这里的空气已经十分败坏。若不是这一棵棵的橡树向外不停地散发一种特有的香气,这里的空气大概都要臭掉了。

但,茫军将士从茫的脸上看到的却是一种被掩藏住的兴奋与喜悦。

他走过时,给他们带来的仿佛是清新的风。

白马不紧不慢地走着。茫对将士们的问候,有点儿心不在焉。因为,他依然未能明白这两团火所共同完成的一个含义。

不知不觉之中,白马驮着他已经走到了那个村庄。

这里的村民们以前只知道自己是熄的子民,只是到了前不久才听说有一个叫茫的人正率领他的军队与熄的军队周旋作战,并且攻克了金山,让成千上万失去光明的人重又见到了天日。这回居然就在他们橡树湾见到了这支军队,这让他们感到既振奋又恐慌。他们不知道如何对待茫军,因为这个村庄早已归顺了熄的王朝。当年归顺,全是因为这些橡树。它们是祖先留给他们的财产,最老的橡树已经上千年了。熄扬言如果这里的百姓胆敢不归顺他的王朝,他就要彻底毁掉这些橡树。除了少数几个血气方刚的年轻人离开了橡树湾,其余的人,都在一天早上宣布归顺熄的王朝。茫军的到来,使他们忧心忡忡,他们害怕茫军会进入他们的村庄,进行洗劫。然而,茫军自进入橡树湾以来,却一直未来打扰他们,只是在不远处待着,朝村庄很友善地张望着。几天时间里,他们竟然没有损害橡树湾的一草

黑咒语
HEIZHOUYU

一木。有些人动心了,想拿些吃的喝的走进茫军的军营,但一想到熄在离开村庄时警告他们的那句话,便又不敢了。熄撤离时,对村民们说:"我们肯定还会回来的!如果我们知道你们中间有哪一个在茫军驻扎橡树湾期间曾给予过什么,他将受到大熄王朝法令的严惩!"这句话将橡树湾的村民们固定在了那个村庄里。看着那峡谷通道上的大火,他们对茫军又能抱有什么希望?眼前的事实,使他们只剩下了怜悯与担忧——他们也已听说,熄军主力正从四面八方赶往橡树湾,橡树湾将成为茫军的葬身之地。

茫出现在村庄时,橡树湾人并没有想到他就是茫,是王。他们以为是一个不安分的年轻士兵或者是一个将军,终于克制不住好奇心,骑马来到了他们的村庄里。对于他的到来,橡树湾的人,倒也没有太多的顾忌,因为是他自己闯进来的,并不是他们请进来的。他们就像看到了一个过路人,很礼貌地朝他点头、挥手或打招呼。

一条条村巷,深深的。

狗、鹅和鸡鸭在村巷里走动。

茫的到来,毕竟是件重要的事情。村民们在互相传递着消息,并交头接耳地议论。不少门打开了,露出人的脑袋,或干脆走到巷子里,将身体靠墙站着,看着白马驮着茫走过来。

马蹄叩击着青石板路,发出滴笃滴笃的声响。

茫朝村民们微笑着。他不住地打量着这里的房子,它们全都是用木头搭建而成的。无论从房屋看,还是从村民们的服饰以及他们的脸色看,都表明这是一个很富庶的村庄。

一群无所顾忌的充满了好奇心的孩子,马前马后地奔跑着,不时地扬起天真无邪又有点儿害羞的面孔看着马上的茫,目光里有着崇拜和羡慕。

茫很高兴,不时地弯下腰来,在一个离马较近的孩子头上拍一拍。这一亲昵的动作,使那些孩子一下子变得毫无顾忌,到了最后,竟成群地簇拥着茫的马。马无法再流畅地走动了,茫笑了笑,做了一个十分潇洒的下马动作,轻轻地落到了孩子们中间。

孩子们问茫是从哪儿来的,又要到哪儿去,去干什么。

茫就一一回答他们,当说到"最后要消灭熄"

时,孩子们吓得一忽儿都闪开了,像一群本在水面上无忧无虑游动的鱼,突然有一块石头砸进了水中,受了惊动,当即潜散向四面八方。

茫朝他们笑笑。

他的这种毫无心机的、还带有几分孩子气的笑,不一会儿又把橡树湾的孩子们吸引到了身边。

橡树湾的大人们也不去阻止孩子们与茫接近,或站在墙下,或靠着大树,或倚在门框上,静悄悄地看着。

茫一直在与橡树湾的孩子们说话。他竟然忘记了那两团火,忘记了越来越近的熄军主力。小家伙们让他回到了从前,那个赶着羊群四处游走的岁月。

橡树湾的大人都在心里问:他们在唧唧喳喳地说什么呢?

他们觉得这个年轻的茫军很可爱,也很有趣。

他们几次听到了"橡树"这个字眼:孩子们似乎在与这个年轻的茫军谈橡树。

这也理所当然,来到橡树湾,不谈橡树又能谈什么。

有个光头男孩,十四五岁,一直就在茫的面前。

当其他孩子都在哇啦哇啦地说话时,他却一言不发地用一对大大的眼睛望着茫。茫显然十分喜欢他。他有两只很大的耳朵,很夸张的两只耳朵。茫觉得那两只耳朵,就像两张小小的面孔——这孩子有三张面孔。想到这里,茫笑了。

大耳朵男孩觉得茫是因为他而笑,便用手比画着——这时,茫才知道,这个孩子原来是个哑巴。一个很喜欢讲话的塌鼻子男孩,显然对大耳朵的手势所代表的语言十分清楚,对茫说:"他是个聋子,不会说话。他是在问你在笑什么。"茫望着大耳朵男孩的耳朵,笑声更大。其他孩子不知道茫在笑什么,见他笑成那样,觉得也应该笑一笑,于是,全都咧开嘴巴笑了起来。

橡树湾的大人,你望望我,我望望你,完全不明白他们在笑什么。

突然地,橡树湾的大人们紧张了起来:村外传来了杂乱的马蹄声,听上去,至少有五六匹马。

孩子们也听到了,他们转头看到了大人的神情与眼色,望着茫,纷纷后退,然后转身跑开了。

一忽儿,村巷里便只剩下茫和他的白马。

茫有点儿莫名其妙。他朝四处逃散的孩子招了招手,但却再也没有一个孩子肯走过来。

转眼间,柯和其他几位将军和士兵骑着马呼啦啦来到了茫的面前。从他们的气喘吁吁和脸色来看,他独自一人来到这个村庄,着实让他们吃惊不小。

柯和其他人纷纷叫着"大王",随即分散开,将茫和他的白马围在了中间,并十分警惕地注视着四周。

许多橡树湾人都清晰地听到了他们对茫的称呼,顿时大惊失色。站在墙下的,直愣愣地成了一根桩,倚在门框上的赶紧将身体退回门里。前前后后,都有吱吱呀呀的关门声。

茫微笑着。

柯催促着茫:"大王,请您上马,立即回到军营。"

茫纵身一跃,便骑上了马背。

他的前面和后面,都有将军和士兵。他们用目光不住地巡视着四周。

茫似乎感觉到了什么,回头看了一眼村巷,只剩那个大耳朵男孩还站在那里:这小家伙似乎被眼前的情景惊呆了,一手捏着一只大耳朵,一动不动地站在那里。

茫微笑着朝他挥挥手。

他也朝茫笑笑,但笑得很僵硬。

纷乱的马蹄声响彻在一下子变得寂静的村巷里。

跑着跑着,茫的马渐渐慢了下来,还不等柯和将士们反应过来,他已经掉转马头,奔向那个正躲在一堵矮墙后面的塌鼻子男孩。

柯和将士们见此情景,也立即掉转马头,追赶过来。

塌鼻子男孩吓坏了。

茫的马跑到男孩面前停住了,茫低头问:"你说,天上的太阳,是地上的橡树给它的火焰?"

塌鼻子男孩早吓蒙了,根本就没有听见茫在问他什么,张着大嘴呆呆地望着茫。

"是吗?天上的太阳,是地上的橡树给它的火焰吗?"

塌鼻子男孩似乎听清楚了,但他一时不能镇定下来,依然张着大嘴望着茫。

"是吗?!"

黑咒语
HEIZHOUYU

塌鼻子男孩向茫点着头,一边点头一边往后退。

"天上的太阳,是地上的橡树给它的火焰吗?"

"是……是……是的……"塌鼻子男孩扭头飞跑而去,转眼间就消失在村巷里。

所有的孩子都不见了,只有那个大耳朵男孩还呆呆站在村巷里。

茫朝他笑了一笑,掉转马头走向等在巷口的将军们。

在回军营的路上,茫的眼前一直是那个塌鼻子男孩,他眉飞色舞地说着,带着浓重的鼻音:"你知道吗,天上的太阳,是橡树给它的火焰!这是我爸爸说的,这是我爷爷说的,橡树湾的人都这么说。你不信,就问他们,他们没有一个不知道。"他看了看其他孩子,那些孩子都肯定地点了点头。

"你看,他们都点头了。我没骗你吧?"他压低了声音,"那个叫蚯的巫师说天上的太阳,是红檀香给它的火焰,才不是呢!是橡树!谁不知道是橡树!可我们谁也没有说……每年春天,我们都要给这里所有的橡树系上一根红绸,全村的人,都要来到橡树林,我们唱着歌,老人和小孩子都唱,'橡树呀,天上的太阳照着大地,是你把根扎入泥土,你把地气变成了火焰,一片片的叶子,闪着亮光,黑暗里都闪着亮光,千里迢迢,你的火焰,让天空有了一轮太阳,麦子,燕麦和黑麦在太阳下成熟,五月里,空气里飘着麦香……,"那些孩子都跟着摇摇晃晃地唱了起来。

茫又想到了那个大耳朵男孩。所有的孩子都在唱时,只有他看着孩子们不住地张合着的嘴,一脸困惑……

还未回到军营,茫的心野就像被太阳照亮了一般……

6

茫骑着马,走过一棵棵橡树。这是他进入橡树湾以来,第一次认真地打量这种树。这是一种他以前从未见到过的树,关于这一点,他在第一眼看到这种树时,就已经感觉到了。塌鼻子男孩的话响在耳边。现在,他觉得这种树更加非同寻常了。

柯和将士们也骑着马跟着他,与他一起打量着这些超大型植物。

柯在仔细端详了其中一株橡树后,向茫感叹道:"大王,这些树超凡脱俗啊!"

众人又去看天上的太阳,那时,太阳像用力打磨过似的,特别的明亮。

茫转头去看峡谷通道上的火:"还在那么张狂地燃烧呢!"

跟随其后的人,望着那片火,一脸的无奈。

茫说:"留给我们的时间真的不多了。"

将军们回头去看通往橡树湾的路,一个个仿佛看到万马奔腾所激起的滚滚尘埃。

茫却笑了一下:"那火也张狂不了多久了!"

众人似乎一下子未听清楚茫的话,转头望着茫。

茫没有看他们,依然看着火:"去对橡树湾的村民说,我们要砍这里的橡树!"

众人面面相觑。

茫用手一指:"就在那里,离那片火不远的地方,将砍倒的橡树点燃!"他用手指点着那片火,嘴角蔑视地牵动了一下,"那不过是一片老火而已!"说完,用脚后跟敲了一下马的肚子,白马便载着他飞奔而去。穿过营帐时,他对那些心情灰暗、目光呆滞的士兵们大声叫喊着:"我们很快就会走出橡树湾!"

柯追赶上了茫。

茫将他所知道、所理解的一切都告诉了柯,然后不由分说地对柯道:"立即去对橡树湾的村民说,我们要砍伐他们的橡树!"

柯掉转马头,然后与其他几位将军说了一通话,便一起急匆匆地去了村庄。

然而,当橡树湾的村民听说茫军要砍伐他们的橡树时,原先噤若寒蝉的他们,却都无所畏惧地站了出来,表示绝不同意。柯很有耐心地与他们交涉,最终还是毫无结果。其中有几个将军早已按捺不住了,要对村民发火,被柯用目光坚决地制止了。继续交涉、劝说、呼吁、揭示此举的意义,都无法动摇这些顽梗的橡树湾人。一直交涉到中午,柯见已不可能获得橡树湾人的同意,只好长叹了一口气,对村民们说:"我们已经仁至义尽。现在,我们清清楚楚地告诉你们:为了数万茫军的安危,为了这个世界的永久安宁,茫军只有按照自己的意志去行事了!"他朝那个瘦小而年老的头人十分遗憾地摇了摇头,跨上马去,与其他将军迅速离开了村庄。

他们很快对全体茫军下达了命令:使用一切可以使用的工具,砍伐橡树!

没有一丝风,高大的橡树安详而慈和地立在大地上。

当茫军的无数把斧子、大刀就要砍劈这些橡树时,只见头人率领全部村民(包括孩子),拿着斧头、菜刀、石块、长矛、铁叉、棍棒等,潮水一般冲了过来,并用身体护住了每一棵橡树。他们每一个人的眼睛里流露出的,都是惊恐,同时是以死相拼的决断。他们颤抖着,吼叫着,像是一头头面对强大威胁而又决心保卫领地的野兽。

茫军一下子被震住了,在村民们扬起的斧头面前,却把自己手中高扬的斧头慢慢垂下了。

指挥砍伐的将军栖看了看正在西行的太阳,向茫军将士一挥手:"砍!"

茫军又一次扬起手中的家伙,并逼向前去。

然而,颤抖得更加厉害的村民,同时摆出的架势是:宁可死在树下,也绝不让人对橡树有丝毫的损伤。

空中全都是亮铮铮的刀斧。

栖大声命令道:"拿起盾牌,冲上去卸了他们手中的家伙!"

转眼间,数百名士兵手持盾牌,一步一步地走向橡树。一会儿,就有斧头击打了第一块盾牌,随即听到了一片噼里啪啦击打盾牌的声音,那声音一忽儿便稠密得像下冰雹一般。

与训练有素的茫军相比,村民无论是在数量上还是在力量上,相差都过于悬殊。茫军解除他们手中的家伙,只用了很短的时间,利落得让茫军自己都感到吃惊。

赤手空拳的村民,却并没有退去,反而更加不顾一切地守卫着他们的橡树。茫军士兵将他们拉走、拖开,但不一会儿他们又扑了上来。有些村民干脆用胳膊死死搂抱着橡树,绝不撒手,并红着眼睛冲着茫军大叫:"除非,你们用斧头砍断我的胳膊!"

茫军士兵晃动着手中的刀斧,威胁道:"你们以为我们不敢砍吗?"

那些搂抱橡树的村民双眼紧闭,一副不怕杀

头的样子:"砍啊!砍啊!你们砍啊!你们尽管砍啊!……"

士兵们无可奈何地看着栖。

栖吼叫道:"将他们一个个地给我捆绑起来!"

不一会儿工夫,就搜寻到上百条绳索。

栖用马鞭指着橡树湾的村民:"你们一个个给我听好了!我们来到橡树湾,没有打扰你们,就已经够客气的了!你们遇到的这支军队幸亏是茫军,如果是熄军,你们这个村庄还会在这天底下吗?怕是早被化为灰烬了!你们……整个村庄,都卑躬屈膝地归顺了那个魔鬼熄!我们本可以好好敲打你们一下,虽不会洗劫这个村庄,但也要让你们知道你们选择熄王朝的错误和后果!那片大火是自己燃烧的?是熄,是那些可恶的巫师,而事先藏匿他们的就是你们的村庄!现在倒好,轮到我们要砍你们几棵树时,你们反而计较起来了!我劝你们赶紧离开这些橡树!我坦率地告诉你们,这些橡树,对你们来说,无论多么宝贵,我们也是砍定了!"他望着天空,"上苍会饶恕我们的,因为我们是为了这个世界,这是一个无上的理由!……你们走开吧!自动走开吧!

我希望这些绳索不是用来捆绑你们的!我希望你们能让我们这些士兵省下一些力量好赶路!……"

那个瘦小而年老的头人,赤着胸膛站了出来。他的头颅不大,但显得十分结实。他脸上的褶皱,如同这被雨水冲刷了若干个世纪的山坡,留下一道道纵横交错的沟壑。他的胸脯肋骨历历,随着喘息,那肋骨不住地隆起、落下。他的眼角已经垂挂得非常厉害,眼睛里似乎有流不尽的混浊的水,而厚厚的嘴唇却因干燥而暴了皮。两颗宽大的门牙,非常显眼。看上去,厚道,但却又十分的刚毅与固执。

他只是带领男女老少冲出村庄,但始终没有说话。

他走到栖将军面前,从容不迫地说:"将军,那你先将我捆绑起来吧!"

栖讥讽地说:"是吗?那好啊!"他抬头对身边几个拿着绳索的士兵说,"那就先将他捆绑起来!"

头人转过身去,并主动将双手反剪在身后。正当几个士兵拿着绳索朝他走过去时,橡树湾人蜂拥而上,顷刻间将他们的头人团团围住,冲着茫军,拍打着胸膛,声嘶力竭地吼叫着。与此同时,那些妇女瘫倒在橡树下又哭又闹;那些孩子,一人抓了一块石块,高高举在手中,瞪着双眼,咬着嘴唇。那个大耳朵男孩,裤子吊在胯上,梗着脖子,一手抓了一块石头。

局面相当混乱。

栖相当恼火:"立即绑了他们!"

士兵们也急了,纷纷冲上去,双方立即发生了激烈的冲突。冲突中显然有人受伤了,吵吵嚷嚷之中,夹杂着痛苦的呻吟与号叫。

橡树湾的孩子居然真的将手中的石块砸向了正跑过来的茫军士兵。就是那个大耳朵男孩,第一块石块砸空之后,他不慌不忙地瞄准了跑在前头的一个士兵,身子往后一仰,又向前一扑,石块从他手中飞出,那个士兵猝不及防,肩膀被石块砸中了。那石块是带了锋利的角的,士兵的肩膀被砸中后,倾斜下来,顿时血流如注。士兵用手捂住伤口,咬牙怒瞪着大耳朵男孩。大耳朵男孩居然不怕,又从地上捡起一块石块,用眼睛警告茫军士兵:"谁敢过来,我就砸谁!"有两个士兵趁他将注意力集中在那个流血的士兵身上时,悄悄绕到他背后,一下将他抱住,并从他手中夺下石块。他拼命挣扎着,又踢又咬。没有办法,两个士兵只好将他按在地上。他企图掀翻压在他身上的膝盖,挣扎了一阵,终于没有力气了,不再动弹,将下巴埋在草丛里,喘着粗气。一群孩子围过来要解救他,一群士兵赶紧冲上来挡住了他们。当他们一一制伏了这些孩子时,一群妇女,老的少的,又哭喊着扑了过来。面对这些又抓又挠、一把眼泪一把鼻涕的女人,茫军士兵束手无策,只好将那些孩子又统统放掉。即便如此,那些女人们仍不依不饶地纠缠着茫军士兵。费了好大的劲,士兵们才最终摆脱她们。

一个剽悍的村民,夺走了茫军士兵手中的一把斧子,站在一棵橡树下,摆出了一副要砍杀的架势。茫军只好向后退去。

冲突中,双方都有人受伤,橡树下,到处都有血迹。

在军帐中正与柯等将军商量茫军下一步行动计划的茫,闻讯赶到时,全体橡树湾村民差不多都已经被茫军捆绑起来了。他们有的被绑在树上,有的手脚并捆被扔在地上,有的两人背对背被捆绑在一起。

茫军累得气喘吁吁,不少士兵瘫坐在地上。

眼前的情景让茫感到十分震惊。

浮土里,那些被捆绑得结结实实的橡树湾村民,不时地挣扎着,看上去竟像一群牲口。他们在用愤怒的眼光看着茫。

偶然一瞥,茫在马背上看到了那个大耳朵男孩。他被捆绑后,以为还能奔跑,但很快跌倒了,此刻正趴在地上,脸上全是浮土,只有一双大眼睛在扑闪扑闪地亮。

茫的马经过时,一切啼哭、怒骂都停止了,只有马蹄声。

一个上了年纪的老妇人,一头白发披散在脸上。这是一张饱经风霜且无比慈祥的脸,此刻,泪光在白发丝里闪着亮光。她望着马背上的茫,目光里有不尽的怨恨与责备。那是一个祖母的目光——一个受到伤害的祖母在直视那个使她受到伤害的孙子时的目光。

茫的心禁不住颤动了一下。

茫在人群中见到了头人。

相对于橡树湾的一般人来说,头人的情况似乎要体面一些。或许是因为他一开始就没有什么剧烈的反抗,或许是茫军考虑到了他是头人,他们只是将他的两只手反捆在身后。他一动不动地站在浮土里,就像橡树一样牢牢地立在大地上。

茫的马在头人面前停下了。

头人的目光落在茫的脸上。那是一个老人的目光。目光里有仇恨,有绝望,有屈辱,有无言的忧伤,还有深深的无奈。

汗水在头人脸部深深的褶皱里爬行着。

茫从马上跳了下来,走向头人。当他距离头人还有四五步远时,头人突然在尘土里扑通跪下了。他用脑袋抵着浮土,用一种哀求的声调说:"大王,请让您的军队撒手吧!"他慢慢抬起面孔,浮土正在被汗水渐渐湿成烂泥,"这些橡树,是我们橡树湾人的命根子啊!大王!它们是从祖上留传下来的,橡树湾人,祖祖辈辈就是靠着它们才活了下来。那边有条大河,每年秋天,我们砍伐下一批成熟的橡树,扎成木排,顺着河水运到外面,换回粮食、盐、油和布匹。它们可是上等的木材!我们什么也没有,就只有这些橡树。现在,您要让您的军队把它们统统砍掉——这不是成材的季节啊,大王!它们当中,还有一些是永远不能砍的,是种树,是橡树湾人心里头的树,它们长在这片土地上,少则几十年、几百年,多则上千年了!您瞧,那棵立在土丘上的、最高的橡树,已经有一千五百年了,它是树王,平日里,橡树湾人连牛羊都不让靠近的,生怕伤着了它。可您的士兵,已经扬起斧子,不是我们一个人上去用脑袋挡着,差一点儿,斧头就砍上了它的身子!大王……"头人又将脑袋抵在了浮土里,"请让您的士兵撒手吧!……"

茫的心感到了一阵酸痛。他朝前方望去,巨大的茫然笼罩着他整个身心。

又是一个上了年纪的人跪在了地上,随即,凡是能够跪下的,都跪下了。他们将脑袋全都抵在由马蹄与人足反复践踏之后而形成的浮土里。

见此情景,这边,有几个老兵流泪了。

头人再次抬起头来:"大王!当年,橡树湾人为了这片橡树林,不怕被世人耻笑,归顺了熄王,难道就是为了今天让您——大王——您的军队将它们毁掉吗?"他仰望天空,大叫了一声,"苍天啊!——"

霎时,老泪纵横。

头人的话,犹如雷声。茫几步走到头人眼前,双手将他扶住,并将他慢慢扶起。

"大王啊,大王啊……"

茫又走到他身后,给他解开了绳索。

栖叫了一声:"大王!……"

茫没有理会,走向了那个大耳朵男孩。他弯腰将大耳朵男孩从地上扶起,将捆住他手脚的绳索全部解掉了。茫拍去他身上的灰尘,大耳朵男孩忽然泪水滂沱,身体不住地颤动着。茫不住地拍着他的肩,转而对茫军将士们说:"把他们全都松开!"

将士们站着不动。

茫大叫着:"一个个都聋了吗?把他们全都松开!松开!"

士兵们走上前去,开始为橡树湾人解开绳索。

栖将军走到茫面前:"大王!可不能这样啊!"

茫置之不理,只顾一个劲儿地为橡树湾人松解绳索。

栖将军紧追其后,其他一些将军也围绕过来。

栖站到了茫的面前:"大王!您的仁慈将毁掉一切啊!"

茫依旧不住地为橡树湾人解绳索,并不时地冲那些站着不动的士兵咆哮:"你们怎么还不动手?!"

当橡树湾人全都松绑之后,茫跨上了他的白马。

一直沉默的柯骑着马走过来:"大王,您遵照的可是天意!"

茫说:"我才不管什么天意不天意!"他突然从剑鞘里拔出剑来,冲着他的军队,大声说:"谁胆敢砍掉一棵橡树,我就砍掉他的脑袋!"说罢,眼泪夺眶而出。他用剑敲打了一下白马,白马便飞奔起来……

7

到了一个僻静之处,茫翻身下马,松掉手中缰绳,让马自己去吃草,自己在一棵橡树下坐了下来。他心里难受,脑子里一团混乱。朝远处望去,峡谷通道上的火一如先前,橡树湾的村民还在守着一棵棵橡树。命悬一线之际,他领悟了大王书的两堆火的隐喻,然而,现在他却又背弃了大王书。他的心里一时长满了荒草,荒草连绵,起伏着涌向心野的边际。

他仰头看到了一根横枝,于是爬起来,轻轻一跃,双手已抓住横枝,紧接着一荡,身体荡了一个半圆,双腿已经夺拉在树上。稍稍调整了一下,觉得腿弯处已很贴切地放在横枝上了,双手一松,身体顿时垂挂下来,脑袋便冲着了大地。他睁大了眼睛,由于血液大量流向头颅,他的眼珠有点儿显得胀凸。此刻眼前的一切景象,都颠倒了。

这是他放羊时代的一个动作。当心里难过时,或是遇到危机时,或是自己以为自己犯了什么大错,过不去了,他往往就会将自己倒挂在树上。那时,他便平复下来,安静下来。

他就这样坚持着将自己长时间地倒挂在橡树上。

随着马蹄声,柯到了。

茫依然倒挂在橡树上。他眼睛的高度,几乎与灰犬的眼睛高度相当。他们对望着。

"大王,"柯说,"已有探子回来了,说熄军主力的先头,明天傍晚就将抵达橡树湾。"

这一消息没有使茫感到吃惊和紧张。他甚至就没有接柯的话茬。他问柯:"还记得那天下大雨时的

黑咒语
HEIZHOUYU

情景吗?"

柯说:"记得。"

"雨下到最大时,火撑不住了,一点点地矮了下去。眼看着大火就要被雨浇灭了,可是该死的雨却跟不上来了……"

"大王,您莫不是又想打水的主意吧?"

双腿已开始麻木。他伸出双臂,双腿一松,双手着地,顺势一翻,便又坐在地上。他冲柯点了点头。

"可是大王,我们已试过了。"

"但我们很快就放弃了,我们并没有尽力。"

"虽说是水火不容,可是大王您要知道,您所面对的火并非通常之火,那是邪恶之火!"

"去吧,让人立即去那个村庄,向他们借用一切可以盛水的家伙,这个忙,他们总会帮的。不是几十个人,也不是几百个人,而是全体将士,统统投入灭火!"他用手指着那条正安静地在阳光下流淌的河,"将它舀干,"他又用手指着峡谷通道上的大火,"将那里变成一片汪洋!"

"也只有这样了。"

柯要离去时，茫问道："船落实了吗？"

"落实了。可是大王，渡河另择道路，并不是我们应有的选择。那条道将会使我们的整个作战计划变得毫无意义。即便现在仍然是通过峡谷通道前行，我们也已经够紧张的了。"

"总不能在这里等死吧。"

"几条船只远远不够用啊，必须有大量的将士涉水而过，可他们中间，大部分人都不习水性，这大河又水深流急，军队损失一定十分惨重！"

"去灭火吧！"

柯跨上马，迅捷离去。

橡树湾村民将所有能够盛水的器具，都毫无保留地给了茫军，加上茫军自己的各种各样的盛水器具，倒也够用了。

柯亲自指挥、督阵。

茫军将士迅速排成十条长龙，由峡谷通道口，一直逶迤至河边，每两条长龙为一组，面对面地站着，一条长龙传递装满水的器具，一条长龙则负责将空了的器具传回河边，循环往复，川流不息。有号兵站立在高处，一定时间之后，以号示意，两条长龙互换作业。

距离十条长龙不远的空地上,另有十条长龙,但人都是坐在那儿歇着的。

到了一定时间,号兵也是以号示意,那时,坐着的将士便会哗地站起来,迈着整齐的步伐走上前去,将那一直作业的十条长龙换下,换下的长龙同样迈着整齐的步伐,来到那块空地上哗地坐下歇着。

在柯的殚精竭虑的调教下,茫军早已是一支训练有素的军队。为茫调教出一支漂漂亮亮的军队,这是柯的一大心愿。他朝思暮想的就是,茫拥有一支世界上最精湛的军队。在不辞辛苦的调教中,柯不时会有一种想象:他的大王率领那支举世无双的军队正走在高阔的天空下,正走在无边无际的草原上,正走在连绵起伏的雪山间,正走在大海边的通道上,大王旗永远猎猎作响,而马上的茫因拥有这支军队而越发的英姿勃发……这些想象给他的心带来一阵阵的温暖、神圣,甚至是慈爱。

茫军是他的文章,大文章,一生的大文章。

他深知自己的身份与力量。他说,每个人都应当守着自己的本分。他知道,他并不能给茫军以灵魂,那只有大王茫能给。但他可以给茫军样子与形状。茫军是一个大花园,他是一个一流的园丁。他有能力,也有智慧去打扮、修饰这个大花园。这个大花园何处花,何处草,何处实,何处空,都不可随意,处处都必有匠心。他一丝不苟地栽培着、修剪着,绝不让它有荒芜感、杂乱感。他的灰犬整日跟着他,铃铛声随时响在茫军的耳畔。那铃铛声在茫军将士听来,总好像在向他们诉说什么,在警示什么。他要把这个花园变成世界第一花园,变成天堂花园。

而这个花园属于茫。

他告诫茫军将士:"军人就是军人,军人自有军人的风气。走有走样,站有站态,坐有坐形,睡有睡姿。打仗得有规矩,刀枪得有章法。不是小孩打架,不是流氓群殴,一招一式,都得有个讲究。"他甚至讲到了军人赴死应有的样子,"即便是倒下去,也要倒得好看,倒得像一个七尺汉子!"他仔细描述并为茫军确定了死亡时应取的姿态。

茫军的眼神、脚步、吼声、将大王旗插上城头和接受降军的仪式,都必须是茫军的。

黑咒语
HEIZHOUYU

茫军是一首诗、一支歌、一门艺术。

即便是临危之际的灭火,也都得让天下人看到:茫军又是怎样灭火的。

虽是成千上万的人,却被严格地编排到一个完整的过程中。对于茫军而言,这世界上没有别的,只有战场,灭火自然也不例外。

十条运动着的长龙,十条暂时歇着的长龙,一动一静,随时互换,互换时,整齐而干脆。各种各样盛满水的器具在有节奏地传输着,空了的器具也在有节奏地传输着,中间所有的环节都衔接得非常完美、无懈可击。而坐在那里的十条长龙,虽然是坐着,却分明让人觉得他们也在传递中。

散漫惯了的橡树湾村民,被眼前的情景迷住了,一个个都看得目瞪口呆。

茫军将士也被自己的动作与配合迷住了,竟然忘记了他们的目的与危机,而暂时沉浸在那种节奏、那种默契的配合所带来的快乐里。

水持续有力地泼向那片燃烧多时的大火。

起初,大火毫不在乎。

水在火中落下,犹如冰块在火中落下。

但茫军根本不在乎火的顽固,只顾按照他们的节奏,将水源源不断地从河边传送过来,源源不断地泼浇出去。

村民们也开始零散地将水运到火旁,泼浇出去。

就这样坚持了一阵,柯欣慰地看到,那火开始退缩。虽然微不足道,但它却让茫军看到了一个事实:水是可以逼退火的。

士气高涨,节奏便不由得加快了。

一桶桶、一盆盆、一罐罐、一瓢瓢……水几乎不间断地泼浇上去。它们一团团的,像奇异凶猛的怪兽扑咬着火;而火更像是张牙舞爪的巨兽,白的,红的,两伙怪兽就在峡谷通道上你死我活地较量着。

火在退缩,却有点儿缓慢。

天黑了。

茫军渐感力量不支,传递的速度开始减慢。退缩的火虽然不能回到原先的状态,但却不再继续退缩了。

伙伴们将晚饭送了上来,灭火的茫军将士便轮流吃饭。肚里有食,气力得以一定的恢复,在将军们的鼓动下,节奏又得以恢复,午夜时分,火居然退缩了一大截。

但疲劳与困倦合为一伙,开始侵袭茫军将士。

换下去的将士再也不是坐在空地上,而是倒头就睡。轮到他们换班时,都得让将军们大声呼喊才能醒来,挣扎着前去。

橡树湾的村民,只回去一些老人与小孩,其他人都留在了这里。

看着茫军将士不顾死活地连夜灭火,大家心里都很难受。

黑夜中,茫一直骑在马背上。他知道,他的将士们希望能够看到他。他能够给他们力量。

满天星斗,天上银河,清晰得就像地上的大河。

柯多次劝茫回军帐去休息,都被茫无声地拒绝了。

坚持到凌晨,火又被击退了一截。但不久,队伍忽然骚动起来——从河边传来消息:一个站在水中汲水的士兵,累极了,一桶水没有汲起,却突然倒在了水中,当时天还未大亮,水流又急,其他士兵无法去救他,就这样,那个年轻的生命便被水流卷进了黑暗,卷走时,他们甚至都没有听到他叫喊一声。

有将军将此事报告了茫。茫骑在马上,一言不发。

天渐渐亮了起来。

十条长龙,又十条长龙,渐渐显现了出来。

最疲惫、最困倦的时刻到来了,不时地有士兵倒下。有些挣扎着又爬了起来,而有些则再也爬不起来了。柯动用了卫队,将这些倒下去的士兵抬了下去。

太阳升上来时,由于倒下去许多士兵,人与人之间的距离被拉大了,十条长龙,便显得有点儿稀疏。

又有几个探子一脸尘埃跑了回来。他们带来的消息是:熄军主力的先头部队,会比原先估计的要更快一些抵达橡树湾。由于竭力奔跑,那马与人在将军们刚听完报告后,便都扑通倒了下去。

然而,火还远远未被击溃。

茫挺直了身子,在早晨的安静中,唱起了茫军的军歌——

069
黑咒语
HEIZHOUYU

白太阳,
野菊香。
河山偕丧。
战马壮,
宝刀刚,
我武惟扬。
宇宙洪荒,
天道无亡。
杀尽犬狼,
回故乡……

虽还有些少年腔调,但常年在荒野上的呼喊,使他的声音获得了一种粗野,同时也增添了一种宏大与宽广。他镇静地却又悲壮地唱着。那是王者之音。茫军将士,先是少数人参加了进来,与他一起唱,不一会儿,就差不多都参加了进来。累倒的士兵,在歌声中醒来,挣扎着走向七零八落的长龙。跌倒了,又爬起来。当有几个士兵再也起不来时,他们居然朝长龙一寸一寸地爬了过来。

橡树湾的村民看着,不少人眼睛潮湿了。

震撼人心的茫军军歌响彻橡树湾。

一个士兵在用力端着满满一大桶水时,突然嘴巴大张,猛地喷出一大口鲜血来,手中的木桶落在地上,摔得稀里哗啦,水流了一地。他摇晃了几下,一头倒入水洼,激起一片混浊的泥水。

他被抬了下去。

茫从马上跳了下来,走向那个士兵曾站立的地方。

早已参加递水队伍的柯,就在不远处,见茫走进递水队伍,叫了一声:"大王!……"

茫没有应答,从一个士兵手中接过一桶水,转身又将这桶水传递给另一个士兵。

茫还在唱着,由于吃重的原因,声音有点儿颤抖。

将士们也都在唱。

一夜过后,泼洒在地上的水,早将地面搞得泥泞一片。所有的人,双脚都没在烂泥里,此时的走动也就变得更加费劲。

越来越多的将士倒在了泥泞里。

河边再次传来消息:又一个士兵倒在水中,被急流卷走了。

茫军将士没有停歇,唱着歌,流着泪,依然与那邪恶的火进行殊死的较量。

将近中午,当又有一批将士倒下去时,茫军将士忽然听到了咚的一声。开始也没有太注意,依然传递着水,但又接二连三地响起咚咚声,这才扭过头去看:

几个身强力壮的橡树湾村民,正挥着斧头砍伐他们的橡树!

茫军将士顿时愣住了。

又有一批橡树湾村民拿着斧头,分别走向一些橡树。

水桶、水盆、水罐,纷纷从茫军将士手中落下,水形成一道水沟,在大地上哗哗流淌。

很多茫军将士哭了起来。

一直就没有回过村庄的头人正不住地将手持斧头的村民们派往一棵棵枝繁叶茂的橡树。

茫军将士都围过来,转眼间,长龙便不复存在。

斧头在阳光下闪耀着光芒,一斧头下去,砍出许多木屑。那被斧头砍出的茬口,露出了橡树的木质，新鲜而金黄。

正午，红日高悬。

峡谷的通道口，一棵棵伐倒的橡树堆积在一起被点燃了。

全体茫军将士与全体橡树湾的村民，都在默默地观望着。

火初起时，仿佛无数只刚出壳的金黄色小鸡，怯生生的，但一会儿就活泼起来，并且快速长大——变成了金红色的鸟。这鸟拍动着翅膀，越拍翅膀越长，越大，越漂亮。转眼间，就有一丈多高。到了此时，就再也分不出谁是谁了。看的人，这才想到是火。

是火，但不总是一个形状。这一刻，火苗很长，像在风中摇曳的阔大的玉米叶。火焰十分纯洁，仿佛透明。是火，但它却使在场的人联想到水。它不像一般的火那么嚣张，倒显得有点儿安静，看上去令人肃然起敬。

它很快烧到了一个高度，气势熊熊。

峡谷通道上的火在一个短暂的时间内居然又往上长高了几分，一副要压倒橡树火的架势，但没有

黑咒语
HEIZHOUYU

能够坚持多久,便又矮了下去。它的火苗变得越来越像是怪兽的爪子,长长短短的,在空中胡乱地抓挠不已。经过几天的燃烧,它的火焰越发的混浊了,像坏了的酒,像被草沤了许多时的塘水。

一个上了年纪的橡树湾村民指着峡谷通道的火说:"那火老了!"

但峡谷通道上的火并未显示出势头减弱的征兆。

又是十几棵砍下的橡树被投进了火中。不一会儿,火焰开始变得猛烈,并开始发出噼里啪啦的声音,像有无数的鞭子在抽打着。火苗一个劲儿地朝空中跳跃,仿佛要从空中争夺什么。但,不一会儿又安静下来,火苗依然在,但看上去并不摇摆,像是一支支冲天而去的被烧得近乎透明的利箭。

那边,熄与他的巫师们开始力挽火的颓势。所有巫师都跪在地上,将可以扇动魔火的伎俩全都用上,熄的黑伞不住地鼓动,他念唱魔咒的嗓子已经沙哑,听上去一派苍凉。

峡谷通道上的火,都快要自己放弃自己了,这时,又被注入了活力,开始挣扎着,企图恢复昌盛时的样子。

红缨

人们看到，峡谷里的火在很长的时间里，居然像伏地的伤兽忽然又蹿到空中，且更加张牙舞爪，不由得疑惑和紧张起来。

芷和柯以及所有芷军将士，都一个个睁大着眼睛密切地注视着眼前的火势——橡树火和峡谷通道上的火。他们都在心里为他们的火而祷告，并在心里诅咒峡谷通道上的火。

橡树火如同夜间看到的熔岩一般，是黏稠的，也是凝重的。它们面对峡谷通道上看似又有了规模的火，并不在意。它们只管自己燃烧着，即使峡谷通道的火在黑伞之风的强劲鼓吹下，向它们倾倒过来，显出一副反扑的架势，也未能使它们摇摆。它们燃烧着，按自己的心思去燃烧，按真正的火应该燃烧的方式去燃烧，更何况它们还不是一般的火呢！它们是神圣的火，是天地间唯一的火。

峡谷里的大火看上去还很高，但透过橡树火，人们看出了它的稀薄。它们是被兑了水的火，架子还在，但内质却大大地被稀释了。

有一阵，橡树火像是数千年前的大火被冻结住了一般，煞是壮观、冷峻、肃穆，让人们一时忘记

黑咒语
HEIZHOUYU

了两火的角斗,只把目光与心思放在对橡树火的观赏上。橡树是橡树湾的,但橡树湾的人也都未见过他们的树这样堆在一起燃烧的壮景。望着自己的树烧成如此形状的火,男女老少,心里无不为之感动。

熄感到了绝望。他居然不怕被火焰灼伤,甚至冒着烧掉黑伞的危险,穿过跪地念咒的巫师团,一直走到火焰旁。火势在勉强维持,但他的双眼却如两团细小的火苗越燃越凶。那是一对野狼般的目光,他冲着渐渐坚持不住的火鼓动着手中的黑伞,竭尽心力、体力唱念着。这些咒语穿过火焰,送到了茫军将士和橡树湾百姓的耳中。他们觉得,这声音像是绝命前的野兽的号叫。这号叫声令人不寒而栗。

峡谷中的火就这样坚持着,但已是强弩之末。

虽是如此,但茫军已到了焦虑的极致:留给他们的时间已经所剩无几。随着时间一寸寸地走过,他们的心也在一寸一寸地坠落进深渊。一部分人依然看着火,一部分人不时地掉头去看通向橡树湾的路,像是熄军马上就要出现在眼前一般,还有一部分人在焦灼不安地来回走动着。

又是十几棵橡树扔到了火上。在众人期盼的目光之下,橡树火开始爆发。它们发出隆隆之声,很快像浪花翻滚起来,似有无尽的红流在向上涌动和喷发。

这场面,不仅使茫军将士和橡树湾村民感到震撼,即便是对面的熄和巫师们也感到了震撼。他们一时显得有点儿目瞪口呆、心慌意乱,浑身不住地颤抖起来。

火浪滚滚,热气沸腾。那态势,使人觉得它们会突然地冲起万丈火柱,直抵蓝色的天幕。

人们终于看到,峡谷通道上的火开始委顿下去。它们虽然像无数条火蛇一般竭力挣扎着要冲向天空,却又像是被大地使劲吮吸着,一寸一寸地矮了下去。

橡树湾的孩子们先是看呆了,张大着嘴,流着口水,接着开始将一些散落的树枝、木屑抓来投向自己的火。

大耳朵男孩,一直分别用两只手捏着两只大耳朵,眼睛一眨也不眨地看着橡树火。火光在他的眼中跳跃着。

峡谷上空的空气似乎正变得越来越稀薄,峡谷通道的火如同干旱时节的庄稼,一点儿一点儿地枯萎着。

而这边的橡树火,此时却显得十分的青春,充满活力,像一些十七八岁的男孩和女孩在青青的草地上欢乐地跳舞。

在场的所有人都从未看到过如此美丽的火。

头人看了一眼身边的茫,感叹了一句:"也只有橡树能烧出这样的火来!"

所有的人都用神圣的目光看着它。

孩子们开始拍起巴掌来,不一会儿,大人们——无论是茫军将士还是橡树湾村民,都跟着拍了起来。

橡树火似乎受到了鼓舞,燃烧得更有精神。

这时,茫、柯将头人请到了一边,商量着村民们的去处。柯将茫的意思告诉了头人:让橡树湾全体村民成为茫军后方的一部分,跟随茫军全部离开橡树湾。头人似乎早已有了安排。他说:"一部人要渡过河去,到山那边去寻找生路,一部人愿意跟随你们,还有,像我们这些老人,哪儿也不去了。"他指了指眼前一些几乎不被人注意的小树苗,"那是橡树苗,它长得快着呢,橡树湾死不了!等大军得了天下,再回来看,说不定这儿又到处是大橡树了……"

最后的决定是:茫军尊重橡树湾人的选择。

头人看出了茫的忧虑:"大王,你是在担心我们这些留下的老人?不必多虑,到时,他们来了,我们就说,这橡树是被你们一棵棵强行砍伐掉的……"他笑了。

茫和柯也笑了。

头人转眼看到了灰犬,说道:"我怎么觉得那狗也在笑呢!"

柯愣了一下,大笑起来。

他们重又回到火旁时,峡谷通道上的火已日薄西山,可隐隐约约地见到那边一筹莫展的熄军。然而这边的橡树火却也因为没有橡树再可续入,火势也在渐渐减弱。

恰在此时,最后几个探子回来了。他们已经十分憔悴,见了茫,上气不接下气地说:"大王,他们很快就要到达,我们必须以最快的速度离开橡树湾!"那个士兵说完,从马上栽落到地上。

茫望着两处几乎旗鼓相当的火,对柯说:"我们也只有冲过去了!"

柯说:"那一定会伤亡惨重。"

茫说:"又能怎样!"

这时,只见头人从地上捡起一把斧头,转身走了。

不远处的土丘上,还立着最后一棵橡树。这就是那棵立在那里已有一千五百年历史的橡树。橡树湾的村民称它为树王。

树王立在土丘上,仿佛在沉思——沉思了一千五百年。

所有的人都站着未动,默默地望着头人佝偻的背影。

头人到了橡树下,仰头望着遮天蔽日的树冠,含泪说道:"你不能怪谁啊,谁让你的木材那么好,都选你做斧柄呢?斧头现在要砍向你了……"他的声音一直在微微发颤。

空中闪过一道银色的亮光。

高悬的斧头猛地劈下了……

十几个橡树湾的村民,都手提斧头跑向了那棵老橡树。

强硬支撑着的橡树火,在劈开的老橡树投进后,

> 红缨

仿佛又重新获得了生命,呼呼作响,朝着天空升腾,把最后的壮观既显示给茫军、橡树湾人,也显示给熄和他的巫师以及将士们。

这或许是人间最后一场最漂亮的火了。

峡谷通道上的火顿时黯然失色。火苗矮到仿佛趴到了地面上。虽然还在蹦跳,却已像离水已久的网中之鱼了。蹦跳的点越来越少,并且蹦跳得越来越无力。

就在此时,老橡树的一个木质铁硬的结疤在燃烧中被烧出火炭一般的颜色后,突然砰的一声爆炸,炸上了天空,随着天空又是一阵脆响,盛开出一朵硕大的火花,璀璨夺目。它悠悠落下时,像风中玉米的红缨一般。

轻盈地飘落下来,飘落下来……

忽地,峡谷通道上的火,彻底熄灭了。

这里的人们清晰地看到了那边的熄军——他们正在向后退去,一副要仓皇逃跑的样子。

橡树火的火苗像挥舞着的手,在向人们告别,在向这个世界告别。

在一双双泪眼中,它无声地、安详地消失了……

081 黑咒语 HEIZHOUYU

红缨

在夕阳西坠、离地面还只剩下几尺高时,茫军告别了橡树湾,踏着仍在发烫的灰烬,迅速通过了峡谷通道。

迎接他们的是一个阔大的世界……

选自《大王书》第二部《红纱灯》

菊坡

曹文轩美文朗读·珍藏版
CAOWENXUAN MEIWEN LANGDU ZHENCANGBAN

这是一个身材瘦长的女孩，瘦弱得像一棵刚在依然清泠的春风里栽下去的柳树，柔韧，但似乎弱不禁风。峡谷里显然有风，因为她站在那儿，似乎在颤动着，就如同七月强烈的阳光下的景物，又像是倒映在水中的岸边树木。她的脸庞显得娇小，但头发又黑又长，眼睛又黑又大，使人觉得那双眼睛，即使在夜间也能晶晶闪亮。

——《菊坡》

黑咒语
HEIZHOUYU

1

整整一个上午过去了,根鸟连一只麻雀都未能打到。

根鸟坚持着背着猎枪,拖着显然已经很沉重的双腿,摆出一副猎人的架势,依然煞有介事地在林子里转悠着,寻觅着。那对长时间睁大着的眼睛,尽管现在还是显得大大的,但目光实际上已经十分疲倦了。此刻,即使有什么猎物出现在他的视野中,他也未必能够用目光将它发现和锁定。他的行走,已经显得很机械,脚下被踩的厚厚的落叶,发出一阵阵单调而枯燥的声响。

这座老林仿佛早已生命绝迹,不过就是一座空空的老林罢了。下午的阳光,倒是十分明亮。太阳在林子的上空,耀眼无比地悬挂着。阳光穿过树叶的空隙照下来时,犹如利箭,一支一支地直刺阴晦的空间,又仿佛是巨大的天河,千疮百孔,一股股金白色的流水正直泻而下。

天空里竟然没有一只飞鸟。整个世界仿佛已归于沉寂。

根鸟想抬头去望望天色,但未能如愿,茂密的树叶挡住了他的视野。他终于找到了一个较大的空隙,然后尽可能地仰起脖子,朝上方望去。本来就很高大的杉树,此时显得格外高大,一柱柱的,仿佛一直长到天庭里去了。阳光随着树叶在风中摇晃,像无数飘动的金箔,在闪闪烁烁。他忽然感到了一阵晕眩,把双眼闭上了。然后,他把脑袋低垂下来。过了一阵,他才敢把眼睛睁开。他终于觉得自己已经疲倦得不能再走动了,只好顺着一棵大树的树干,像突然抽去了骨头一般,滑溜下去,瘫坐在树根下。

从远处看,仿佛树根下随便扔了一堆衣服。

根鸟迷迷糊糊地睡去了。

老林依旧寂寞。风在梢头走动,沙沙声只是加重了寂寞。

根鸟似乎是被一股凉气包围而突然醒来的。他揉了揉双眼,发现太阳已经大大地偏西了。他十分懊恼:难道今天要空手回去吗?

十四岁的根鸟,今天是第一回独自一人出来打猎。

他本来是带了一个让他兴奋的愿望走进这座老林的：我要以我的猎物，让父亲，让整个菊坡人大吃一惊。早晨，他扛着猎枪走出菊坡时，一路上都能感受到人们的目光里含着惊奇、疑惑和善意的嘲笑。"根鸟，你是一个人去打猎吗？"几个比他要小的小孩，跟在他屁股后面追问。他没有回头瞧他们一眼，也没有作出任何回答，依然往前走他的路——就像父亲一样，迈着猎人特有的步伐。

可是直到现在，他甚至连一根鸟的羽毛都没有发现。

他立即从树根下站了起来。他一定要在太阳落下去之前打到猎物，哪怕是一只秃尾巴的、丑陋的母山鸡！但他的步伐显然不再是猎人的步伐了。猎人的步伐是轻盈的，从地面走过时，就仿佛是水一般的月光从地面滑过。猎人的步伐是敏捷的、机警的、不着痕迹的。此刻，他已失去了耐心，脚步快而混乱，落叶被踩得沙沙乱响，倒好像是自己成了一个被追赶的猎物了。

有一阵，根鸟甚至忘记了自己是在寻觅猎物，只是在林子里漫无目标地走着。他的心思居然飘荡开去,想起了一些与打猎毫不相关的事情。疲软的脚步,只是向这个世界诉说着,老林里有一个生命在无力地移动。当根鸟终于想起自己是在寻觅猎物时,他看到了进一步偏西的太阳,于是,他预感到了今天的结局将是很无趣的。

但,根鸟依然坚持着他的寻觅。

当他的注意力将再一次因疲倦而涣散时,一道明亮的白光,忽然在他头顶上如闪电一样划过,使他惊了一下。他抬头望去,只见蓝如湖水的天上,飞着一只鹰——一只白色的鹰。

老林因为这只鹰,而顿生活气。

这是根鸟大半天来看到的唯一的动物。他的精神为之一振,双目如挑掉灯花的油灯,刷地亮了。

鹰不是他的猎物,但它却激活了他的神经。他因为它的翱翔,而浑身一下注满了力量。

根鸟从未见过,甚至也从未听说过鹰有白色的。因此,它的出现,还使根鸟感到了一份诡秘,甚至是轻微的恐怖。它的出现,又似乎是非常突然的,并不是由远而近的,就在那一瞬间,毫无缘由地就从虚空中出现了。根鸟觉得这座老林更加幽深与荒古。他心中有了想回转的意思。但这点意思又一下子不能确定起来,因为那只鹰很让他心动与迷惑。

鹰在天空下展着双翅,像一张巨大的白纸在空气中飘荡,又像是一片孤独的白云在飘移。阳光洒在它的背上,使它镶了一道耀眼而高贵的金边。有一阵,它飞得很低,低得使根鸟清晰地看到了那些在气流中掀动着的柔软的羽毛。

鹰牵引着根鸟。当它忽然滑向天空的一侧,被林子挡住它的身影时,根鸟甚至感到了一种空虚。他用目光去竭力寻找着,希望能够再度看到它。它合着他的希望,像一只风筝得了好的风力,又慢慢地升浮到他的头顶。这使他感到了一种失而复得的喜悦。

鹰将根鸟牵引到了林间的一个湖泊的边上。

一直被树林不住地遮挡住视线的根鸟,顿觉豁然开朗。

那湖泊水平如镜,倒映着天空与岸边的白杨树。空气因为它,而变得湿润。根鸟感到了一种惬意的凉爽。这时,他看到了倒映在湖泊中的鹰。它在天空中盘旋,使根鸟产生一种错觉:鹰在水中。当有微风吹皱湖水时,那白色变成虚幻的一团,仿佛绿水中漫散着白色。等风去水静,那模糊的白色,又变成了一只轮廓清晰的鹰。

这鹰就一直飞翔在根鸟的视野里,仿佛有一根线连接着根鸟,使它不能远去。

鹰忽高忽低地飞了一阵,终于落在湖边一棵枯死的老树上。它慢慢地收拢着翅膀。它一动不动地立在一根褐色的树枝上,脑袋微微向着天空。

这是一副神鸟的样子。

根鸟在草地上坐下,就一直看着它。他觉得这只鹰好奇怪:它为什么总在我的头顶上飞翔呢?当他终于想起他是被鹰所牵引、是他自己来到了湖边时,他对自己有点生气了:你还两手空空呢!这时,他希望那只鹰是一只野鸡,或是一只其他什么可以作为猎物的鸟。他下意识地端起枪,将枪口对准了鹰。

鹰似乎看到了他的枪口,但,它却动也不动。

根鸟有点恼火了:这鹰也太不将他放在眼里了。有那么一瞬间,他真想扣动扳机,即使不对准它,也可以至少吓唬它一下。他甚至想到了咣的一声枪响之后那鹰失魂落魄地飞逃时的样子——那样子全无一点鹰的神气。

根鸟决心不再去关心这只鹰。他拎着枪,站了起来。他要沿着湖边走过去,看一看他能否在湖边的草丛与灌木丛里碰到运气。令人不可思议的是,当他走出去一段路后,那只鹰从枯枝上起飞,又飞临到他的视野里。这使根鸟心生一个让他心惊肉跳的疑惑:这鹰莫不是将我看成了它的猎物?他的眼前便出现鹰从天空俯冲而下捕捉草地上的野兔或者是捕捉水中大鱼的情景:那兔子企图逃跑,但最终也未能逃脱得了鹰的利爪而被压住、被拖向天空,那鱼在空中甩着尾巴,抖下一片水珠……想到此,根鸟既感到这只鹰的可笑,同时还有对鹰敢于蔑视他的愤怒,当然还夹杂着一丝独自一人被一只巨鹰所盯上的恐惧。

鹰并没有俯冲下来,只是在他的视野里作了长时间的飞翔之后,漂亮地斜滑而下,落在根鸟面前的一个长满青草的土丘上。

根鸟可以清清楚楚地看到这只鹰了:它像清寒的春风中的最后一团晶莹的雪;它的脖子强劲有力,

天鹰

脖子上的一圈淡紫的羽毛在阳光下闪着金属一般的亮光，显出一番王者气派；当它的脑袋微微低垂时，它的嘴，像一枚悬挂在海洋中的黑色鱼钩；它的两条腿犹如两根粗细适当的钢筋，它们撑起了一个矫健的形象。

根鸟最后看到了鹰的眼睛。像所有鹰的眼睛一样，那里头有一种令人不寒而栗的凶恶。

他再一次举起了枪，将枪口对准了它。他的心中确实有枪杀它的欲望，但他迟迟没有扣动扳机，因为他仍不想将鹰当成他的猎物。"这该死的鹰，还不快走！"他收起了枪，但他随即大叫了一声。

鹰并未因为他的恐吓而飞起，依然立于土丘之上。

根鸟转过身，朝着另一个方向走去。剩下的时间实在不多了，他必须抓紧。他不能空手而归。他带着一种侥幸心理：也许就在天黑之前，会突然碰到猎物。随着太阳的西移，天气格外清凉。根鸟将枪背在肩上，并且耸了耸肩，重新振作起来。他感觉到自己又能够聚精会神了。

他忘记了那只鹰。

天光渐渐暗淡,湖水的颜色渐渐变深,梢头的风也渐渐变得有力。远山传来了阴森森的狼嚎声。

几乎就要完全失望的根鸟,终于发现距离他五十米远的一块岩石上蹲着一只兔子。那兔子的颜色几乎与岩石无法分辨,但还是被根鸟那双渴望与机警的眼睛看到了。这也许是今天唯一的机会了,根鸟必须小心翼翼,不要让这唯一的机会丢失掉。他蹲下来,然后匍匐在草丛里,慢慢地朝岩石爬去。他必须要在最有效的距离内扣动扳机。

那只兔子自以为任何人也无法发现它,蹲在岩石上朝天空作一种可笑的观望,然后用双爪反复地给自己洗脸。洗了一阵,还歪着脑袋朝水中的影子看了看。它仿佛看到了自己的同类,做出一种要扑下去与其嬉闹的姿势。

根鸟停止爬行,慢慢支撑起身体。他找到了一种最佳的姿势之后,将枪管一点一点地抬起,对准了那只兔子。他没有立即开枪,而是很耐心地瞄准着,唯恐失误。他终于认为他的姿势与枪口的高度都已达到最可靠的程度,将手指放到扳机上。这时,他能听见的,只有扑通扑通的心跳。他的手有点发

天鹰

颤,但还是牢牢地托住了枪托,扣动扳机的手也在逐渐施加压力。正当他就要扣动扳机时,那只鹰忽然如幽灵一般又出现了,并且如一块银色的铁皮一般,从空中直削下来。那只兔子一惊,吱的一声惊叫,随即跃起,跳进草丛里仓皇逃窜了。

根鸟气急败坏,把本来对准兔子的枪口对准了鹰。

鹰居然落下了,就落在那只兔子刚才蹲着的那块岩石上,并且将脑袋对着草丛中的根鸟。

根鸟看了一眼天色,知道今天的结果已不可能再改变了,不禁怒火中烧,突然站起身来,将枪口牢牢地对准了那只鹰,随着一声"这可恶的鹰",扣动了扳机。

一声震耳欲聋的枪响之后,是一团蓝色的火花,那鹰猛烈震动了一下,摇晃着倒在岩石上。

根鸟摸了摸发烫的枪管,望着岩石上的鹰:它既像一堆水沫,又像是一块被风鼓动着的白布。他忽然觉得心里有点难过,但在嘴中说:"这不能怪我,是你自找的!"

太阳已躲到林子的背后去了,余辉从西方反射,将天空变成金红色。

根鸟将枪背到肩上。他得回转了,他必须得回转了。他最后瞥了一眼那只被风吹开羽毛的鹰,转过身去。这时,他听到身后有沙沙声,掉转头一看,只见那只鹰正竭尽全力拍打着翅膀,并挣扎着将脑袋抬起来。黄昏前的片刻,反而可能是一天里最明亮的片刻。根鸟清清楚楚地看到鹰的目光里似乎有一种哀戚的呼唤,并且这种呼唤就是冲着他的。他犹豫着。而就在他犹豫的这阵子,那鹰就一直用那对使人心灵感到震颤的目光望着他。他在它目光的呼唤下,一步一步地走向它。当他终于走到它身边时,它意味深长地看了他一眼,随即,脑袋像藤蔓枯萎了的丝瓜垂落了下去。他顿生一股悲哀之情,弯下腰去,用双手将那只鹰捧起,这时,他突然发现鹰的腿上用一根红头绳缚了一根布条。他取下布条,无意中发现那布条上竟然写着字:

我叫紫烟。我到悬崖上采花,掉在了峡谷里。也许只有这只白色的鹰,能够把这个消息告诉人们。它一直就在我身边呆着。现在我让它飞上天空。我十三岁,我要回家!救救我,救救我,救救紫烟!

根鸟轻轻放下那只鹰,用手抚摸了一阵纯洁而松软的羽毛,向它深深鞠了一躬,转身朝家走去。

2

根鸟感觉到这是一个女孩的名字。菊坡没有叫这个名字的女孩,根鸟也从未听说过这个名字。

父亲说:"只能到菊坡以外的林子去打听谁家丢了一个叫紫烟的女孩儿。"

当天晚上,根鸟父子俩就提着小马灯离开了菊坡,一路打听下去。可是走了许多地方,直到天亮,也未能打听到谁家丢了孩子,甚至谁也没有听说过有个女孩叫紫烟。

天快亮时,根鸟父子俩拖着疲倦不堪的身子,又回到了菊坡。

根鸟一觉睡到了下午太阳即将落山。他坐在门槛上,掏出口袋里的那根布条,默默地看着。

黑咒语
HEIZHOUYU

布条上的字歪歪扭扭的，仿佛写字的人当时在颤抖着手。根鸟猜测，那是用树枝蘸着一种草汁写的。他觉得这是一件确实发生了的事情。他在反复看了布条上的字之后，将布条放回口袋，走出院子，走到村前的大路口。他希望能看到一些从远方而来的过路的陌生人。他要向他们打听有没有听说过有一个叫紫烟的女孩。

大路空空，偶尔走过一个人，也是他所认识的菊坡人，或是与菊坡邻近的外村人。

根鸟又跑到大河边上。他要大声问任何一条过路的船："你们听说过有一个叫紫烟的女孩吗？"然而大河也是空空的，只有无声向前流动的河水。

根鸟的身后是一架正在转动的风车，永远的吱吱呀呀的声音，使他觉得永远也不能得到一个他所希望的回答。他大概只能在心里揣着一个谜团，而无望地走动在菊坡，直到将它渐渐淡忘。

眼下，已进入秋天，菊坡这地方到处开放着菊花。黄的、红的、蓝的、白的，五颜六色、形状各异的菊花或一片片，或一丛丛，或三两株，空气里满是它的香气。这是菊坡最让人迷恋的季节。在这样一个季节里,根鸟照理应是欢乐的。但现在的根鸟无法欢乐。他的眼前总是那只神秘的鹰和那根令人心情不安的布条。他既不能看到四处开放着的菊花,也闻不到它们的香气。他显得有点呆头呆脑的。

天色渐晚,坡上的老牛在呼唤远走的牛犊回到它的身边。在大河中央游着的鸭子,也在向岸边的鸭栏慢慢游来。从村里传来大人呼唤小孩归家的声音。竹林里,飞来许多准备歇宿的麻雀,唧唧喳喳地喧闹,意味着不久就是它们宿眠后的鸦雀无声。河那边的景色渐渐变得虚幻,村里的炊烟也渐渐在暗淡下来的天色中,不易被觉察了。

根鸟想着峡谷中那个叫紫烟的小女孩:有人救了她吗?怕是还没有。她不能回家,她只能独自一人呆在峡谷里。对她来说,夜晚实在太可怕了。

夜里,根鸟无法入睡。他穿上衣服,紧缩着有点怕凉的身子,走出院门。他在门槛上坐下,望着似乎很荒凉的天空。几颗凉丝丝的星星在朦胧中闪烁,向他诉说着遥远与孤寂。门前水沟边的芦苇丛里,一两只萤火虫,发着微弱的亮光。夏天已去,它们还在勉强地坚持着。但变得淡而无力的亮光在告诉人,它们不会再坚持多久了。小山那边是一片草地,大概是牧羊人无法忍受这夜的清静与寂寞,在哼唱着。那单调的声音被拉得很长,似有似无地传过来。声音是潮湿的。

夜晚的菊坡,让人多愁。

父亲的咳嗽声响在他的身后。

"夜深了,睡觉吧。"父亲说。

根鸟依然坐着。

"这事情不一定是真的。"

"是真的。"

"你怎么知道就是真的?"

"我知道它是真的。"

"就不会是一个小孩使坏主意,耍好心的人?"

"不是。"

"我打了这么多年猎,也没有看到过一只白色的鹰。"

"可我看到了。就是一只白色的鹰。"

"就算是真的,又能怎么办?"

"……"

"她家里的人,总会搭救她的。"

"她家里的人,不知道她掉进了峡谷里。"

"你怎么知道的?"

"我知道。"

"再说,这孩子也不知是什么时候就掉进峡谷了,不一定活着了。"

"她还活着。"

"这是你心里想的。"

"她肯定还活着。"

"活着又能怎么样?谁知道那个峡谷在什么地方?"

"总会找到的。"

"天凉了,进屋吧。"

"明天,我去县城。"

"县城里也没有峡谷。"

"我去看看城里有没有寻人启事。谁家丢了人,都在城里贴寻人启事。城里人来人往的,消息传得快。"

第二天一早,根鸟就去了三十里外的县城。

根鸟都有两年不来县城了。

街上跑着马车、人力车、自行车,一街的铃声。

街两侧,是大大小小的商店、客栈与饭铺,还有许多手工艺人摆的摊子。虽是一个小城,倒也繁华与热闹。

根鸟无心去观望这一切。进了城门之后,他就一路靠着街边走,眼睛直往墙上瞧,看有没有寻人启事。倒是不断地能看到一些寻人启事,但十有八九,都是寻找一些因精神不正常而走失了的人,而其中又以老年人居多。

根鸟很执著,走完一条街,又再走一条,走了竖街又走横街。不管那些是早已贴上去的或是刚刚贴上去的,也不管是不是寻人启事,只要是张纸,根鸟都要走向前去看一看。人们都很忙,又各有各的事,谁也没有去注意这个行为怪异的少年。

中午,根鸟走不动了,就在一棵梧桐树下坐下来,然后掏出早晨从家里带来的一个大红薯咔嚓咔嚓啃起来。他的目光显得有点呆滞。这是一个身体疲倦且又被一团心思所纠缠的人所有的目光。啃完红薯,他疲乏地睡着了。不知睡了多久,他在睡梦里隐约觉得头顶上方有一种枯叶被风所吹之后发出的声音。他微微睁开眼睛,就着梧桐树干,仰起脖子，朝上方望去。这时，他看到了梧桐树干上贴着的一张纸，正在风中掀动着一角。他起初只是不抱任何希望而呆呆地看着，但随即跳起，将脸几乎贴到那张纸上看起来：

七月十日，十三岁的小女早晨出门，从此就不见归来。小女扎一根小辫，长一尺有余，身着紫色上衣、湖蓝色裤子，圆口鞋，红底黄花。有一对虎牙，左耳有一耳环。有知下落者，盼联系，当以重金致谢。

兰楼镇　朱长水

根鸟一把将这张寻人启事揭下，随即向人打听去兰楼镇的路。

在去兰楼的路上，根鸟一直脚步匆匆。

"我说这事不是假的。"他为自己在父亲面前坚持住了自己的看法而感到高兴。"我差一点就和父亲一样那么去想。"他为这种侥幸，而感到犹如被凉水泼浇了一般，不禁全身激灵了一下。"就是她，就是紫烟，十三岁……"他想撒腿跑起来，但已跑不动

黑咒语
HEIZHOUYU

了,"她还活着,她会活着的,峡谷里有的是充饥的果子……"

他从口袋里掏出了那根布条,布条随即在风中飘动起来。

傍晚,根鸟来到了兰楼。

根鸟打开那张寻人启事给人看,随即就有人将他带到镇西头一个院子的门口。

"朱长水,有人找。"那个将根鸟领到此处的人敲了敲院门说。

院门打开了。

"我就是朱长水,谁找?"

"我。"根鸟连忙说,"大叔,你家是不是丢了一个十三岁的女孩?"

"是的。"

"我知道她在哪儿。"

"在哪儿?"

"在峡谷里。她去采花,掉到峡谷里去了。"根鸟将那根布条递给那个叫朱长水的汉子。

朱长水看完条子,笑了:"我的小女儿已经找到了,但不是从什么峡谷里找到的。她是在棉花地里,被摘棉花的人发现的。"

不知为什么,根鸟突然感到了一种从未有过的失望。他的手一松,那张失掉意义的寻人启事飘落到地上。

"这个掉进峡谷的女孩肯定不是我的小女儿。我的小女儿也不叫紫烟,叫秀云。"

门外,忽然响起杂乱的脚步声。

"这帮小兔崽子,又欺负我家秀云了。"

朱长水正说着,一个小女孩气喘吁吁跑到了院门口。她用手指指巷子,但没有语言,只是在嘴里呜噜着,意思是说,有人在追她。朱长水走到院门口,随即,杂乱的脚步声远走了。

"是个哑巴。"根鸟在心中说。

哑巴见到了一个陌生人,躲到门后,然后慢慢将脸探出来,朝根鸟傻笑着。笑着笑着,从长了两颗虎牙的嘴里流出一大串口水来。

"还是一个傻子。"根鸟走出朱家的院子,走进巷子里。

身后传来一声:"谢谢你,孩子!"

根鸟回到菊坡,差不多已经是半夜了。

父亲一直守候在村口。他看到根鸟摇摇晃晃地走过来,没有迎上去,而是依旧蹲在那儿抽烟。猩红的火光一明一灭,在告诉根鸟,父亲一直在等他。

根鸟吃力地走到父亲的面前。

父亲让他走在前头,然后一声不响地跟着。

回到家中,父亲去给根鸟热了饭菜。

根鸟并不想吃东西,只是有气无力地用筷子在饭碗里拨弄着。

父亲说:"别去找了,没有的事。"

筷子从根鸟的手中滑落到地上。他趴在桌上睡着了。

根鸟醒来时,已是次日的正午时分。

根鸟问父亲:"菊坡的四周都有哪些峡谷?"

父亲回答道:"这些峡谷我都知道。菊坡四周没有太高的山,峡谷也不深,一个人即使不小心掉下去,也是能够爬上来的。最深的峡谷,是蔷薇谷,在东边。"

根鸟朝门外走去。

"你又去哪儿?"

"蔷薇谷。"

"你不会有结果的。我打了几十年的猎,就从未见到过这一带有白色的鹰。我已经向村里年岁最大的人打听过,他们也从未听说过有白色的鹰。"

根鸟犹豫地站住了。

"我总觉得那鹰有点怪。"

"可它确实是一只鹰。"

"谁知道它是从哪儿飞来的呢?"

根鸟又朝东走去了。

"这孩子,死心眼!"父亲叹息了一声。

根鸟走到了蔷薇谷。他站在山顶上,往下一看,只见满山谷长着蔷薇,仿佛是堆了满满一峡谷红粉的颜色。他往下扔了一块石头。他从很快就听到的回声判断出这个所谓的最深的峡谷,其深度也是很有限的。他在山顶上坐下了。有一阵,他居然忘了那个叫紫烟的女孩,而只把心思放在那满山谷的蔷薇上。

浓烈的蔷薇香,几乎使他要昏昏欲睡了。

从峡谷的底部飞起一只鹰,但那鹰是褐色的,就是那种司空见惯的鹰。

根鸟静静地等待着,等待着能有一只白色的鹰从峡谷里飞起来,或者是有一只白色的鹰从天空中落到峡谷里。当然,这是永远也不可能的,菊坡这一带确实没有白色的鹰。

根鸟打算回家了。但就当他转身要离开时,心里忽起了一种呼唤的欲望。他先是声音不大地呼唤着:"紫烟——!"声音微微有点颤抖,还带了少许羞涩。但,后来声音越喊越大,最后竟然大到满山谷在回响:"紫——烟——!"

有时,他还大声地向下面问道:"紫烟,你听见了吗?有人来救你啦!你在哪儿呀?"

他马上就要离去了。他用尽全身力气,作最后的呼喊,这呼喊一半是出于为了救出那个叫紫烟的女孩,一半则仅仅是因为他想对着这片群山大喊大叫。他太想大喊大叫了。他觉得心里憋得慌。

根鸟突然栽倒在山顶上。

一个满脸胡茬的汉子气呼呼地站在那里。

晕眩了一阵的根鸟终于看清了这汉子的面孔:"你……你为什么打我?"

"你这小兔崽子,你在招狼吗?我在那边的林子里捕鸟,你知道吗?你把鸟全部惊飞了!"

根鸟觉得鼻子底下湿漉漉的,用手擦了一下,发现手被血染红了。

"滚!"那汉子道。

根鸟爬起来。

"滚!"那汉子一指山下。

根鸟向山下走去。他估计离那个汉子已有了一段距离了,又突然地大喊起来:"紫——烟——!"一边叫着,一边向山下撒丫子猛跑。

3

根鸟感觉到不再被那个心思纠缠着,是在这天下午。

当时天气十分晴朗,大河边的芦花正在明亮而纯净的秋阳下闪亮。几只大拇指大的金色小鸟,站在芦叶上,轻盈跳跃,并清脆地鸣叫着,那声音直往人心里钻去。从远处驶来一条大船,白帆高扬,船驶近时,从船舱里走出一个七八岁的小女孩儿。那女孩儿一头黑发,穿着一件小红褂儿,站在雪白的风帆下面。不知道她心里为什么高兴,她用胳膊

黑咒语

抱住桅杆,用细声细气的腔调唱开了。唱的什么,根鸟听不清楚,只是觉得她唱得很是动听。船从他眼前驶过,往远方驶去,那小女孩的歌声也渐渐远去。

等大船只剩下一星点时,根鸟的心情就忽然地爽然了,仿佛一个被重担压迫着的人,卸掉了一切,赤身站在清风里。他心头有一种让他激动的解脱感,于是,他冲着大河,把一首童谣大声地喊叫出来:

  天上七颗星,
  树上七只鹰,
  墙上七根钉,
  点上七盏灯,
  水上七块冰。
  一脚踩了冰,
  拿扇扇了灯。
  用手拔了钉,
  用枪打了鹰,
  乌云盖了星。

他的脖上青筋暴突。喊了一首,仍觉得不过瘾,冲着大河撒了泡微微发黄的尿,又把另一首童谣喊叫出来:

青丝丝,绿飘带,
过黄河,做买卖,
买卖迟,买卖快,
亦不迟,亦不快,
先打琉璃瓦,
后上太行山。
太行山上几座庙,
一排排到三座庙。
什么门?红漆门,
怎么开?铁打钥匙两边开,
开不开,拿棍别,
别不开,
天上掉个大火星来,
叭叭开开啦。
您的城门几丈高,
三丈五尺高,

黑咒语
HEIZHOUYU

骑马带刀，

往您城门走一遭……

根鸟在叫喊时，并没有系裤带。那裤子就全堆在脚面上。

父亲早就在一旁的大树下偷偷地看着。此刻，他的心情与儿子的心情一样。儿子的心情就是他的心情。他永远是顺合着儿子的心情的。眼看着根鸟的叫喊没完没了，他叫了一声："够了！玩一会儿就回家，要早早吃晚饭，然后我们一道去西洼看社戏。"

根鸟赶紧提起裤子，脸一红就红到耳根。

晚饭后，根鸟扛了一张板凳，和父亲一道来到西洼。

刚刚收罢秋庄稼，这里的人们一个个都显得很清瘦。春耕夏种秋收，风吹雨打日晒，似乎无止境的劳作，将这些人的心血以及他们的肉体都消耗了许多。现在，终于忙出头了。他们忽然觉得日子一下子变得好清闲。且又是一个风调雨顺的年头，这就让他们觉得这日子很舒服，很迷人。他们要好好玩玩了,享受享受了。像往年一样,周围的村子,都排下日子,要一场一场地演社戏,一场一场地乐,直乐到冬天来到这里。

祠堂前的空地挤满了这些清瘦的人。眼里头都是自足与快乐。台子就搭在祠堂前面,借了祠堂的走廊,又伸出一截来。五盏大灯笼,鲜红地亮着。演戏的在后台口不时地露出一张已涂了油彩的脸来。人的心就一下一下地被撩逗着。吹拉弹打的,早坐定在戏台的一侧了。

根鸟和父亲站在板凳上。他看到了黑鸦鸦的一片人头。

锣鼓家伙忽然敲起来了,闹哄哄的场地仿佛受到了惊动,一下子安静下来。

戏一出接着一出。都演得不错,让人心动,让人发笑,让人掉泪,让人拍巴掌叫好。人们将过去的、现在的一切烦恼与不快都暂且忘得一干二净,就只顾沉浸在此刻的幻景里。他们愿意。

根鸟呢?

根鸟大概比这满满一场人中的任何一个都要开心。

黑咒语
HEIZHOUYU

青黑枣

许多日子里,他心里一直不得安宁。那只鹰,那根布条,已经把这个平日里不知忧愁、不被心事纠缠的男孩弄得郁郁寡欢、呆头呆脑,还疲倦不堪。今年的大红灯笼,在根鸟看来,似乎比以往任何一年的大红灯笼要亮,要让人觉得温暖。他看得很认真,一副痴迷的样子。

不知什么时候,场地上有了一阵小小的混乱。原因是有一出叫《青黑枣》的小戏演不成了。这出小戏的主角是一个少年。演这个角色的演员小谷子走路走得好好的,却摔了一跤,将腿摔断了。这出小戏已在这地方上演了不知多少年,是一出有趣的、叫人开心的小戏。听说这出戏演不成了,台下的人就不乐意,尤其是那些孩子们,仿佛他们今天到这打谷场来,不是为了别的,就是专门来看这出戏的。坐在前头的几个孩子为了表示不满,就将垫在屁股下的草把抛向空中。其他孩子一见,也将屁股底下的草把抽出,朝空中抛去。一些大人也跟着起哄,学了孩子的样,也去抛草把。一时间,空中草把如蝗。抛了一阵觉得不过瘾,就互相砸着玩。砸着砸着,大概有几个孩子手重了,被砸恼了,嘴里不干净,甚至互相厮打起来。

台上的戏,撑着演了一阵,就不能再演下去了。

主持人就站到台口,大声喝斥,让众人安静。

"我们要看《青黑枣》!"一个秃小子往空中一跳,振臂呼喊。

"我们要看《青黑枣》!"其他孩子就跟着响应。

后来,场地上就只听见齐刷刷的三个字:"青黑枣!青黑枣!……"很有节奏。

主持人站在台口,骂了一句以后说:"《青黑枣》没法演!青黑枣,青黑枣,狗屁的青黑枣!"

台下人存心,不依不饶地喊叫。

主持人简直要冲下台来了:"你们还讲理不讲理?演《青黑枣》的小谷子把腿摔断了!"

"这我们不管,反正,我们要看《青黑枣》!"还是那个秃小子,把双臂交叉在胸前,双眼一闭说。

主持人大声吼叫:"小谷子腿摔断了!"

一个爬在一棵树上看戏的孩子朝台上喊:"有个人会演《青黑枣》!"

打谷场刹那间就静下来。

主持人仰脸向那个他看不清楚的孩子问道:"是

谁?"

"菊坡的根鸟!"那淹没在树叶里的孩子说。

这孩子提醒了众人:"对了,根鸟也会演《青黑枣》。""这一带,演《青黑枣》演得最好的就是根鸟!"

主持人朝黑暗中大声问:"菊坡的根鸟来了吗?"

众人都回过头去寻找。

根鸟站在凳子上不吭声,但心里很激动。

"根鸟在这儿!"有人一边用手指着根鸟,一边朝台上的主持人说。

"根鸟在那儿!""根鸟在那儿!"……其实,并没有多少人看清楚根鸟到底在哪儿。

主持人跳下了台子:"根鸟在哪儿?根鸟在哪儿?"

"根鸟在这儿!"

"根鸟在那儿!"

主持人找到了根鸟,大手用力拍了拍根鸟的腿:"孩子,帮我一把!"

父亲在根鸟的腰上轻轻拍了一下,根鸟就跳下了凳子。

根鸟朝台上走,人群就闪开一条道来。根鸟心里就注满了一番得意。上了台,他朝台下稍微害羞地看了一眼,就到后台化妆去了。

这出小戏说的是一个淘气可爱的不良少年,翻墙入院偷人家树上黑枣,被人追赶的故事。

根鸟焕然一新,从后台探头探脑地走了出来。一双眼睛,充满狡黠与机警,并带了几分让人喜欢的猴气。他颤颤悠悠地唱着一首十分滑稽的歌,一是为了给自己壮胆,一是为了摆出一副若无其事的样子,再一个是为了刺探四周的动静。他的自问自答,让台下的人笑得有点坚持不住,有一个大人笑得从凳子掉下来,至少有两个孩子从树上摔到地上。他做着附耳于门上听动静的动作,翻墙入院的动作,爬树摘枣往口袋里塞的动作。忽然蹿出一条狗来。他跌落在地。此时屋里走出主人。他翻墙时,被主人抓住了一条腿。他在墙头拼命挣脱,那主人拔了他一只鞋,跌倒在地上。他坐在墙头上,朝主人一通嘲笑。主人大怒,抓起一根木棍跑过来。他纵身一跃,跳下墙头。接下来是一场逗人捧腹的追逐,只见他和主人不停地出入于左右两个后台口。一路上,他有说有唱,尽一个少年的天真与坏劲去戏弄那个上了年纪的主人。追到最后,那主人只好作罢。这时,他坐到高坡上,擦着汗,沐浴着清风,用童音把一首动听的小调尽情地唱了出来。小戏的最后,是他吃那黑枣——那黑枣一粒粒都未成熟,还是青果,吃在嘴里,苦涩不堪。他龇牙咧嘴,但还在强撑着自己,口角流着酸水,朝众人说:"青黑枣好吃!"掌声中,他一只脚光着,一只脚穿着鞋,哼唱着下台去了。

散场回到家中,把戏演疯了的根鸟还在兴奋里。

父亲也很高兴,对根鸟说:"这一回演得最像样。"

根鸟拿过一壶酒来,他愿意父亲现在喝点酒。

昏暗的油灯下,父亲的面容显得格外忠厚与慈祥,也显得格外苍老。他喝着酒,并发出一种舒适而快活的滋滋声。喝着喝着,父亲的脸就红了起来——跟灯光一样红。他朝根鸟看着,眼睛里尽是快慰。又喝了几盅,父亲的眼中便有了泪花。他朝根鸟笑着——一种苦涩得让人心酸的笑。

根鸟坐在那儿不动,静静地望着父亲喝酒。当父亲的眼睛汪了泪水,说话也开始不太利落时,他不但没有去阻止父亲喝酒,还往父亲的酒盅里加酒,直加得那酒溢了出来。

父亲朝根鸟点点头,摇晃着身子,又取来一只酒盅。他颤抖着倒满一酒盅酒,然后将它推到根鸟面前:"喝,你也喝。"

根鸟端起酒盅,用舌头舔了舔,顿觉舌头麻辣辣的,于是将酒盅又放下了。

父亲把自己的酒盅就一直举在根鸟的面前。

根鸟只好又拿起酒盅,然后猛然喝了一口。

父亲笑了,但随即从眼角落下泪珠来。灯光下,那泪珠流过后,在脸上留下两道粗重的发亮的水线。

根鸟喝了一口酒之后,先是辣得满眼是泪。但过了一阵心想:酒也就是这么回事。便又喝了一口。他觉得,这一口已不及第一口酒那么辣了。他甚至觉得喝酒就像他春天时在山坡野地里玩火,看着火苗像小怪物一样地跳跃,心里很害怕,可却又兴奋不已地看着它们疯狂地蔓延开去。

不一会儿,他居然将一盅酒喝完了。

父亲唱起来。父亲的歌声很难听,但却是从心的深处流出来的。那歌声在根鸟听来,是一种哭泣,一种男人的——苦男人的哭泣。

根鸟也渐渐觉得自己的心在一点一点苦起来。他的眼睛里也汪满了泪水。但他没有唱,只是听着父亲在唱。父亲的歌声,在他的心野上像秋天的凉风一样飘动着。

这个家,只有他与父亲两个人。

这已经有十三个年头了。

母亲是突然消失的。那天,她说她要进山里去采一些果子,没有任何异样,非常平常。但从此,就再也没有回来。母亲的失踪,在菊坡人的感觉里,是神秘的,无法解释的。起初有过各种猜测,但这些猜测无一不是漏洞百出。过去十三个年头了,每逢人们提起他的母亲,依然会被一种神秘感袭住心头。

母亲走时,根鸟才一岁。根鸟对母亲几乎没有印象。他只是模模糊糊记得母亲的声音非常好听。对于这一点,父亲摇头否定:"这是不可能的。一岁的孩子不可能有这样的记忆。"但根鸟的耳边却总是隐隐约约地响起一种声音。那种声音虽然遥远,但他还是能够听到。

父亲守了十三年的孤独。唯一能够使他感到有所依靠的就是根鸟。

父亲忽然停住了唱,用担忧的甚至让人怜悯的目光望着根鸟:"你不会离开我吧?"

根鸟这回觉得父亲真是喝多了,将酒盅从父亲的手中取下,说:"天不早了,该睡觉了。"他扶起父亲,将父亲扶到床上。

父亲躺下了。当根鸟要走出他的卧室时,他微微仰起头来说:"根鸟!"

根鸟回头望着父亲。

父亲说:"那件事情不是真的。"

根鸟走回来,将父亲的脑袋放在枕头上,并给他盖好被子,然后自己也睡觉去了。

4

就在这天夜里,一个大峡谷出现在根鸟的梦里。

当时是后半夜,月亮已经西坠,悄然无声地在树林里飘忽,柔弱的风,仿佛也要睡着了,越来

黑咒语
HEIZHOUYU

轻,轻到只有薄薄的竹叶才能感觉到它还在吹着。大河暗淡了,村子暗淡了,远处的群山也暗淡了,一切都暗淡了。

就在这一片暗淡之中,那个大峡谷却在根鸟的梦里变得越来越明亮。

这是一个长满了百合花的峡谷。百合花静静地开放着,水边、坡上、岩石旁、大树下,到处都有。它们不疯不闹,也无鲜艳的颜色,仿佛它们开放着,也就是开放着,全无一点别的心思。峡谷上空的阳光是明亮的,甚至是强烈的,但因为峡谷太深,阳光仿佛要走过漫长的时间。因此,照进峡谷,照到这些百合花时,阳光已经变得柔和了,柔和得像薄薄的、轻盈得能飘动起来的雨幕。

一个女孩儿出现在一棵银杏树下。

根鸟从未见过这么高大的银杏树。它的四周竟然没有一棵其他的树,就它一棵独立在天空下。粗硕的树干先是笔直地长上去,然后分成四五叉,像一只巨大的手朝上张开着。小小的树叶密匝匝,遮住了阳光。那个女孩从浓阴下走出,走到阳光下。一开始,银杏树和那女孩都好像在迷濛的雾气里。

飞翔的梦

根鸟努力地去看那个女孩,而那个女孩的形象总有点虚幻不定。但根鸟最终还是看清楚了她,并将这个形象刻在心里,即使当他醒来时,这个形象也还仍然实实在在地留存在他的记忆里。

这是一个身材瘦长的女孩,瘦弱得像一棵刚在依然清冷的春风里栽下去的柳树,柔韧,但似乎弱不禁风。峡谷里显然有风,因为她站在那儿,似乎在颤动着,就如同七月强烈的阳光下的景物,又像是倒映在水中的岸边树木。她的脸庞显得娇小,但头发又黑又长,眼睛又黑又大,使人觉得那双眼睛,即使在夜间也能晶晶闪亮。她好像看见了根鸟,竟然朝他走过来,但走得极慢,犹疑不定,一副羞涩与胆怯的样子。

她几乎站到了根鸟的面前。

"你是谁?"

"我叫紫烟。"

根鸟再继续问她时,她却似乎又被雾气包裹了,并且变得遥远。

此后,根鸟就一直未能与她对话。他不时地看到雾气散去时的一个形象——这个形象几乎是固定

黑咒语
HEIZHOUYU

的、一成不变的：银杏树衬托得她格外瘦小；她将两只手互相握在腹部，仰头望着峡谷上方的天空，目光里含着的是渴望、祈求与淡淡的哀伤——那种哀伤是一只羔羊迷失在丛林、自知永不能走出时的哀伤。

这是一个真正的峡谷。两侧几乎是直上直下的千丈悬崖。根鸟无法明白她从上面落下后为什么依然活着。是那些富有弹性的藤蔓接住了她？还是那条流淌着的谷底之河使她活了下来？

根鸟发现，这是一个根本无法摆脱的峡谷——一个无法与外面世界联结的峡谷，一个纯粹的峡谷。它是一个独立的世界。

几只白色的鹰在峡谷里盘旋着。它们与那天被根鸟所枪杀的鹰，显然属于同一家族。有时，它们会得到一股气流的力量浮出峡谷。但，最终，它们又飘回到峡谷。有两只居然还落到了女孩的脚下。那些白色的精灵使根鸟感觉到了，它们是知道抚慰女孩的。

根鸟担心地想：她吃什么呢？但，他马上看到了峡谷中各色各样的果子。它们或长在草上，或长在树上，饱满而好看。

根鸟就这样久久地看着她。虽然，她一会儿在雾气里，一会儿又显露在阳光下。即使她在雾气里，根鸟觉得也能看清楚她。他还进一步发现，她的鼻梁是窄窄的，但却是高高的，是那种让人觉得秀气的高。

天快要亮了。

根鸟有一种预感：她马上就要消失了。他要走上去，走近她。然而，他觉得他的走动非常吃力，甚至丝毫也不能走近——他永远也不能走近她。

她似乎也感到了自己马上就会在根鸟的眼前消失，当远方传来公鸡的第一声鸣叫时，她突然再一次转过脸来面向根鸟。

她的形象突然无比清晰，清晰得连她眼中的瞳仁都被根鸟看到了。然而，就是那么一刹那间，她便消失了，就像戏台上的灯突然熄灭，台上的那个本来很明亮的形象，一下子便看不见了一样。无论根鸟如何企图再想去看到她，却终于不能。他在一番焦急、担忧、无奈与恐慌中醒来了。

那时，天地间就只有一番寂静。

根鸟最深刻地记住了这最后的形象。他听到了一个从她双眼里流出的哀婉的声音：救救我！

窗纸已经发白。根鸟知道，不久，太阳就要从大河的尽头升起来了。他躺在床上，还在回想着那个似乎很荒古的峡谷。

5

从此，根鸟变得不是絮絮叨叨，就是不管干什么事情都会不由自主地愣神。吃饭时，吃着吃着，他便忘记了自己是在吃饭，筷子虽然还在夹菜、往嘴里扒饭，但心思却全不在夹菜与扒饭上，菜和饭也都进嘴了，又全然觉察不出它们的味道，仿佛菜和饭全都喂进了另一个人的嘴巴。这种时候，他的两眼总是木木的，眼珠儿定定的不动。而有时，不管是有人还是无人，他嘴里就会唧唧咕咕地唠叨，可谁也听不清楚他嘴里到底是在说些什么。

父亲常常默默地看着根鸟。根鸟也很少能觉察到父亲在看他。

菊坡的孩子们觉得根鸟有点怪怪的，便离他一定的距离,不声不响地注意着他。他们发现,夕阳中,坐在河坡上的根鸟,用一根树枝,在潮湿的地上,不断地写着两个字:紫烟。不久,他们在学堂里又发现,先生在讲课时,根鸟用笔在本子上同样写满了这两个字。他们并不知道这是一个女孩的名字,只是觉得这两个字,在字面上挺好看的。不久,孩子们又从坐在银杏树下的根鸟嘴中,听到了这两个字。那时的根鸟,目光幽远,神思仿佛飘游出去数千里,在嘴中喃喃着:"紫烟……"只重复了两三次,随即,就剩下一个默然无语的根鸟。

这天上课,戴老花镜、双目模糊的老先生终于发现了根鸟的异样。先生讲着讲着不讲了,朝根鸟走过来。

根鸟并未觉察到先生就立在他身边,依然一副心思旁出、灵魂出窍的样子。

孩子们都不做声,默默地看着同样也默默地看着默默的根鸟的先生。教室无声了很长时间。

"根鸟。"先生轻轻叫唤着。

根鸟居然没有听见。

"根鸟!"先生提高了声音。

根鸟微微一惊:"哎。"

"你在想什么?"

"紫烟。"

"什么紫烟?紫烟是什么?"

根鸟仿佛于昏睡中突然清醒过来,变得慌乱,一脸的尴尬。他结巴着,不知如何回答先生。

先生作了追问,但毫无结果,说了一声:"莫名其妙!"便又走到讲台上继续讲课。

与根鸟最要好的男孩黑头,终于知道了秘密。那天,根鸟又坐在河堤上用树枝在地上写那两个神秘的字,一直悄然无声地站在他身后的黑头,用一种让人几乎听不见的声音,贴在他的耳边问:"紫烟是什么?"

"紫烟是一个女孩。"

黑头看了一眼依然还在用树枝在地上画着的根鸟,悄悄往后退着。他要将这个秘密告诉菊坡的孩子们。可是,他退了几步,又走上前去,还是用一种几乎听不见的声音,贴在根鸟的耳边问:"紫烟在哪儿?"

"在大峡谷里。"

"大峡谷在哪儿?"

"在我梦里。"

"梦里?"

"梦里。"

黑头在根鸟身边轻轻坐下,轻得就像一片亮光,让根鸟毫不觉察。

"那天夜里,我做了一个梦……"根鸟回忆着,回忆着……。当时,西方的天空正飞满橘红色的晚霞。

根鸟还在那里絮叨,黑头已经悄悄地走开了。他把知道的一切,很快告诉了好几个孩子。

这天中午,根鸟正坐在院门槛上托碗吃饭,忽听有人在不远处叫道:"紫烟!"

根鸟立即抬起头来张望。

"紫烟来啦!"黑头大声叫着。

"紫烟来啦!"很多的声音。

根鸟放下饭碗,冲出村子,冲上大堤。这时,他见到了一支长长的队伍。这支队伍由许多的男孩与女孩组成,浩浩荡荡的样子。

"紫烟!紫烟……"天空下,响着很有节奏的呼喊声。

根鸟站在那儿,目光迷茫。

"紫烟!紫烟!……"声音越来越大,仿佛大风从荒野上猛劲地刮过来。

根鸟朝队伍走去。

队伍像一股潮水,也朝根鸟涌来。

这时,根鸟看到了队伍中一个被人用竹椅抬起来的女孩。她的头上戴着花环,羞涩地低着头。风吹动着那些花朵,花瓣在风中打颤。因为她是被高高地抬起着,因此显得既高贵又高傲。

"紫烟!紫烟……"

根鸟冲上前去。但当他离那个戴花环的女孩还有十几米远时,他停住了脚步。他忽然觉得有一股羞涩之情袭住了他的全部身心。

队伍却加快了步伐朝根鸟奔来,不一会儿,就将那个女孩抬到根鸟面前。

队伍忽然一下子安静下来,安静得能听到河水发出的微弱的流水声以及水边芦苇叶摩擦的沙沙声。

黑头对根鸟轻声说:"那是紫烟。"

根鸟渐渐抬起头来。

那个女孩伸手取下花环,也慢慢地抬起头来。当孩子们确定地知道根鸟已经完全看清楚了那个女孩的面容时,全都笑了起来。

那个女孩叫草妞,是菊坡长得最丑的一个女孩儿。

孩子们的笑是互相感染的,越笑越放肆,越笑越疯狂,也越笑越夸张,男孩女孩皆笑得东倒西歪。他们还不时地指指草妞和根鸟。

根鸟蔑视地看了一眼丑姑娘草妞,然后走向黑头。未等黑头明白他的心思,他的一记重拳已击在了黑头那长着雀斑的鼻梁上。

黑头顿时鼻孔流血。

笑声像忽然被利刃猛切了一下,立即停止了。

根鸟与黑头对望着。

黑头的反击是凶狠的。他一把揪住根鸟蓬乱如草根的头发,并仗着他的力气,猛劲将根鸟旋转起来。根鸟越旋越快。黑头见到了火候,突然一松手,根鸟便失去了牵引,而被一股惯力推向远处。他企图稳住自己,但最终还是摔下了河堤,摔进了河里。

所有的目光皆集中到水面上。

黑咒语
HEIZHOUYU

根鸟湿漉漉的脑袋露出了水面。

黑头摇动着胳膊，那意思是说："还想再打吗？"

根鸟用手抓住一把芦苇，水淋淋地爬上岸来。他没有去与黑头纠缠，却老老实实地蹲了下去。

孩子们见今天的戏差不多已经演完，不免有点扫兴，又观望了一阵之后，便有人打算离开了。

黑头也转过身去往家走。

一直蹲在那儿的根鸟，望着脚下被身上淌下的水淋湿了的土地，在谁也没注意的情况下，一跃而起，随即身子一弯，一头撞向黑头。未等黑头与众人反应过来，黑头已经被撞入水中。黑头不会游泳，挥舞着双手，在水中挣扎着。孩子们以为根鸟会慌张的，但却见根鸟只是冷冷地看着可怜兮兮的黑头，竟无一点恐惧。黑头还在水中挣扎，根鸟却朝家中走去。

"黑头落水了！"孩子们这才叫嚷起来。

几个会水的孩子便跳入水中去搭救黑头。但最终，黑头还是被两个闻讯赶来的大人救起的。

人群渐渐散去。几个走在后边的大人，一边走一边议论：

"我看根鸟这孩子,脑子好像出了毛病。"

"他祖父在世时就不那么正常。"

"怕是病。隔代相传。"

这天夜里,大峡谷又一次出现在根鸟的梦里——

几只白色的鹰,在峡谷里飘动,摇摇欲坠的样子。阳光下,它们的飘动是虚幻的。峡谷里有着强劲的风,它们在升高时,被风吹落下许多羽毛,这些羽毛仿佛是一些晶莹柔软的雪花。

又是那棵巨大的银杏树。但此时,它已在晚秋的凉风里经受着无情的吹拂。那些扇形的、小巧玲珑的金叶,开始落下,可能是风大起来的缘故,它们的飘落就显得纷纷的,像是在下一场金色的雨。

就在这金色的雨中,紫烟出现了。由于清瘦,她似乎显得高了一些。她的头发是散乱的,常被卷到脸上,遮住了一只眼睛。她抬起胳膊去撩头发时,衣袖因撕破了袖口,就滑落到了臂根,而露出一支细长的胳膊来。她似乎感到了风凉,立即将胳膊垂下,以便让衣袖遮住裸露的胳膊。

后来,她弯腰去捡地上的果子,风将垂下的头

黑咒语
HEIZHOUYU

发吹得不住地翻卷，仿佛有无数细小的黑色的漩涡。

公鸡将啼时，她在凉风中，将双臂交叉着抱在平坦的胸前，用一对似乎已经不再有恐惧与悲哀的目光，眺望着正在变得灰白的天空。

菊坡的公鸡鸣叫出第一声。

如潮水般涌来的大雾，一下子弥漫了峡谷，一切都模糊了、消失了。

但根鸟记住了在一切消失之前的顷刻，紫烟忽然转过面孔——一个十足的小女孩的面孔，那面孔上是一番孤立无援、默默企盼的神情。

天亮之后，根鸟将两次梦都告诉了父亲。

正在院里抱柴禾的父亲，抱着一抱柴禾，一直静静地听着。当根鸟不再言语时，那些柴禾哗哗从他的手中落下。然后，他还是空着双手站在那儿。

早饭后，父亲开始为根鸟收拾行囊。

而根鸟放下饭碗后，就一直在院子里劈木柴。他不住地挥动着长柄斧头。劈开的木柴，随着喀嚓一声，露出好看的金黄色来。劈到后来，他甩掉了衣服，露出光光的上身。汗珠仍然在他扁平的胸脯和同样扁平的后背上滚动着。

劈好的木柴后来被整齐地码放在院墙下,高高的一堆。

父亲过来,从地上给根鸟捡起衣服:"天凉。"

根鸟用胳膊擦了一下额头的汗说:"这堆木柴,够你烧一个冬天了。"

这天晚上,父亲在昏暗的灯光里说:"你就只管去吧。这是天意。"

秋天走完最后一步。山野显得一派枯瘦与苍茫时,根鸟离开了菊坡。

选自长篇小说《根鸟》

鬼谷

曹文轩美文朗读·珍藏版
CAOWENXUAN MEIWEN LANGDU ZHENCANGBAN

火越烧越猛，热浪冲击得剩下的红珍珠索索发抖，黑色的灰烬纷纷飞起，飘入夜空。

独眼老人出现了。他的身影在火光的映照下晃动着。他朝山坡上的忘乎所以的根鸟，不停地挥动着胳膊，意思是：快走！快点离开这儿！

根鸟竟然读不出独眼老人手势的意思，而跳起来朝老人挥动着欢呼的双臂。

——《鬼谷》

曹文轩美文朗读·珍藏
CAOWENXUAN MEIWEN LANGDU ZHENCANG

黑咒语
HEIZHOUYU

1

根鸟骑着马，沿着江边，一直往西。

马大部分时间是走在悬崖边。走到高处，根鸟不敢往下看。江流滚滚，浪花飞溅，并传出沉闷的隆隆声。根鸟总在担心马失前蹄的事情发生，而那马却总是如履平地的样子，速度不减地一往无前。

从上游不时地冲下来一根木头，远远看过去，仿佛是一条巨大而凶猛的鱼在江流中穿行。根鸟宁愿将它们看成是鱼，在马背上将它们一一盯住，看它们沉没，看它们被江中巨石突然挡住而跃入空中又跌落江水，看它们急匆匆地向下游猛地窜来。当它们到了眼前，已明晃晃是一根根木头，再也无法将它们看成鱼时，根鸟总不免有点失望。

根鸟有时会仰脸看对面山坡上的羊。它们攀登在那么高的峭壁上，只是为一丛嫩草和绿叶。青青的岩石上，它们像一团团尚未来得及化尽的雪。

对面的半山腰里，也许会出现一两个村落。房屋总浮现在江上升起的薄雾里。根鸟希望能不时地看到这些村落。几天下来,他还发现了一个小小的规律:只要看见铁索桥,就能见到村庄和散住的人家。因此,在见到村庄之前,他总是用目光去搜索江面上的铁索桥。那铁索桥才真叫铁索桥,仅由两条不粗的铁索连结着两岸,那铁索上铺着木板,高高地悬在江面。它们最初出现在根鸟的视线里时,仅仅是一条粗黑的线。那根线在空中晃悠不停,却十分优美。马在前行,那根线渐渐变粗,直到看清它是铁索桥。

每到铁索桥前,根鸟总有要走过去的欲望。他扯住缰绳,目光顺着铁索桥,一直看过去,直到发现林中显露出来的木屋。有时江面狭窄,雾又轻淡,根鸟就会看到江那边的人。这时,他就会克制不住地喊叫起来:嗷——嗷嗷——

山那边的人也觉得自己在无尽的寂寞里,听到对岸有人喊叫,就会扯开嗓门回应着:嗷——嗷嗷——同样的节奏,算是作答与呼应,不让根鸟失望。

这种此起彼伏的呼喊,后来随着根鸟的远去,终于消失,于是又只剩下江水的浩荡之声。

黑咒语
HEIZHOUYU

这天下午，转过一道山梁，阳光异常明亮地从空中照射下来。根鸟一抬头，发现不远处的路上，有一个人骑着一匹黑马也正在西行。他心中不免一阵兴奋，紧了紧缰绳，白马便加快了脚步朝那马那人赶去。

根鸟已能清清楚楚地看见那个马上的人了：他披着一件黑斗篷，头上溜光，两条腿似乎特别长，随意地垂挂在马的两侧。根鸟不由自主地在心里给他起了一个名字：长脚。

长脚听到后面有马蹄声，便掉转头来看。见到根鸟，他勒住马，举起手来朝根鸟摇了摇。

根鸟也朝长脚举起手来摇了摇，随后用脚后跟一敲马肚。白马就撒开四蹄，眨眼工夫，便来到长脚跟前。

"你好。"长脚十分高兴地说。

"你好。"根鸟从长脚红黑色的脸上感到了一种亲切。这种亲切在举目无亲的苦旅中，使根鸟感到十分珍贵。

长脚是个中年汉子。他问道："小兄弟，去哪里？"

根鸟说:"往西去。"随即问长脚:"你去哪里?"

长脚说:"我也是往西去。"

根鸟又有了一个同路人。尽管他现在还无法知道长脚究竟到底能与他同行多远的路,但至少现在是同路人。根鸟又有了独自流落荒野的羊羔忽然遇到了羊群或另一只羊时的感觉。再去看空寂的江面与空寂的群山时,他的心情就大不一样了。在如此寂寞的旅途上,一个陌生人很容易就会成为根鸟的朋友。

他们互相打量着。两匹马趁机互相耳鬓厮磨。

根鸟眼前的长脚,是一个长得十分气派的男子。他的目光很是特别。根鸟从未见到过如此深不可测的目光。那目光来自长而黑的浓眉之下,来自一双深陷着的、半眯着的眼睛。最特别的是那个葫芦瓢一般的光头,在阳光下闪闪发亮,使长脚显得格外的精神,并带了一些让根鸟喜欢的野蛮与冷酷。长脚似乎意识到了这颗脑袋给他的形象长足了精神,所以即使是处在凉风里,也不戴帽子,而有意让它赤裸裸的。

根鸟从长脚的目光中看出,长脚似乎也十分喜欢他的出现。长脚的目光里有一种掩饰不住的兴奋。

"走吧。"长脚说。

正好走上开阔一些的路面,两匹马可以并排行走。

路上,根鸟问长脚:"你可见到一个背行囊往西走的人?"根鸟的心中不免有点思念板金。尽管他心里明白,按时间与速度算下来,长脚是不会遇上板金的,但他还是想打听一番。

长脚摇了摇头:"没有。"

一路上,长脚不是说话,就是唱歌。他的喉咙略带几分沙哑,而这沙哑的喉咙唱出的粗糙歌声与这寂寞的世界十分相配。长脚在唱歌时,会不时把手放在根鸟的肩上。根鸟有一种深刻的感觉:长脚是一个非常容易让人感到亲近的人。

傍晚时分,他们来到了一座小镇。

在一家客店门口,长脚将马停住了:"今晚上,我们就在这里过夜。"

根鸟不免有点发窘:"我不能住在这里。"

"那你要住到哪里去?"

"我就在街边随便哪一家的廊下睡一夜。我已这样睡惯了。"

长脚跳下马来,并抓住根鸟的马缰绳说:"下来吧,小兄弟。这个客店的钱由我来付。几个小钱,算得了什么。"

根鸟很不好意思,依然坐在马上。

长脚说:"谁让我们已经是好朋友了呢?下来吧,我一个人住店也太寂寞。"

根鸟忽然觉得由长脚来为他付客店费,也并不是一件多么让人过意不去的事。长脚的豪爽,使根鸟在跳下马来时的那一刻,不再感到愧疚了。他牵着马跟着长脚走进了客店的大院。

店里的人立即迎出来:"二位来住店?"

长脚把缰绳交给店里的人:"把这两匹马牵去喂点草料,我们要一间好一点的房间。"

店里人伺候长脚和根鸟洗完脸,退了出去:"二位,有什么吩咐,尽管说。"

稍微歇了歇,长脚说:"走,喝酒去!"

小镇还很热闹,酒馆竟然一家挨着一家。长脚选了一家最好的酒馆,把胳膊放在根鸟的肩上说:"就这一家。"便和根鸟往门里走去。根鸟看到,灯笼的红光照着长脚的脸,从而呈现出一派温暖的神情。根鸟心中不免生出一股感激之情。

就在这天夜里,躺在舒适的床上,喝了点酒而一直感到兴奋的根鸟,在半明半暗的烛光下,向长脚讲了一切:白鹰、布条、峡谷、紫烟……

长脚始终没有打断他的话,而只是不时地点一下头,发出一声:"嗯。"

根鸟已很久很久未能向人吐露这一切了。他几乎已经麻木了。他在行走时,常常是忘了他为什么行走的。在这春天的夜晚,闻着从院子里飘进来的花的香气,重叙心中的一切,根鸟又回到了那种圣洁而崇高、又略带了几分悲壮的感觉里。他的目光里又再一次流露出一种无邪的痴迷与容易沉入幻想的本性。他觉得,长脚是一个善解人意、最让他喜欢倾诉的人。

确实如此。长脚在听的过程中,一直让根鸟觉得自己在鼓励他说下去。而在听完根鸟的诉说之后,他没有一丝嘲笑的意思,而呈现出一副被深深打动的神情。

第二天,长脚对根鸟说:"我想在这小镇上停留一两日,不知你还是否愿意与我在一起?"

根鸟犹豫着。

长脚说:"也不在乎一两天的时间。"

"好吧。"但根鸟不太明白长脚为什么要在这里停留。

长脚似乎看出了根鸟心中的疑问,说:"后面那段路不好走,我们要歇足了劲。"

吃罢早饭,长脚就领着根鸟在街上转悠。不久,根鸟发现,长脚在街上转悠时,并无一丝要看这小镇风情的意思。长脚总是用目光打量着街上的行人,而当他在这些行人之中发现流浪者、乞讨者或一些显然是孤身一人而别无傍依的,就会表现出浓厚的兴趣。这时,他就会走过去,与那些人搭话,并问寒问暖,一副悲天悯人的样子。那样子使根鸟很受感动。

一个巷口。一个十四五岁的男孩儿瘫坐在地上。

长脚说:"过去看看。"

那男孩儿瘦骨伶仃,两只眼睛大大的,身边是一个破破烂烂的铺盖卷。

长脚蹲下去。他一点也不嫌弃那个男孩儿的肮脏,竟然伸出大手在那个男孩儿秋草一般纠结着的头发上抚摸了几下:"家在哪儿?"

那男孩儿有气无力地看了长脚一眼:"我没有家。"

长脚又问:"你去哪儿?"

那男孩儿说:"我也不知道去哪儿。"

长脚没有说什么,走进一家饭馆。过了不一会儿,他端来满满一大碗饭菜,递到那个男孩儿手上:"吃完了,别忘了将碗送到那家饭馆里。"

那男孩儿呆呆地望着长脚。

长脚说:"我要在这里待上几天。你且别远走。只要我在这镇上待上一天,你就一天不愁饭吃。"说完,怜爱地拍了拍那男孩儿的头,然后对根鸟说:"我们再往前走。"

跟在长脚的身后,根鸟心中想:长脚是一个什么样的人呢?

午饭后,长脚叫根鸟在店中独自歇着,一个人上街去了,直到傍晚才回客店。

晚上,长脚又将根鸟带进一家酒馆喝酒。回到客店时,小镇已无行人了。

烛光下,长脚说:"我看出来了,你要着急上路。可我还要在这里待上几天。"他望着根鸟,说:"昨天夜里,你对我说,你曾见到过一只白色的鹰,对吗?"

根鸟有点疑惑不解地望着长脚。

"是不是一只白色的鹰?"

"是的。"

"还梦到了一个大峡谷。那峡谷里长满了百合花,对吗?"

根鸟点了点头。

长脚说:"小兄弟,算你幸运,你认识了我。继续往西去吧。你离那个大峡谷已剩下不几天的路程啦。"

根鸟吃惊地望着长脚:"你知道那个大峡谷?"

长脚:"你只管往西走吧。"

"你说不几天就能走到?"

长脚说:"你必须要见到一个人。这个人知道那个大峡谷在哪里。"

"我怎么才能见到这个人?"

长脚说:"你一直往西走。大约三天后,你就可以走到一个峡谷口。看见那个峡谷口,你千万不要因为看到眼前全是乱石、也没有一条像样的路而犹豫,就止步不前。别担心,继续往前走。再用半天的时间,你就会看到山坡上有一间木屋。你就走过去。那木屋里有人,你就将我写的信——我马上就给你写,交到一个叫黑布的人手上,他就会告诉你大峡谷究竟在什么地方,他甚至会带着你一直找到那个大峡谷。我衷心祝愿你能很快救出那个叫紫烟的女孩儿。我从一开始就相信有这件事。"

根鸟简直不敢相信长脚的一番话。

长脚说:"你见到那间木屋,见到那个叫黑布的人,一切就会明白了。"说完,就去写信。

根鸟在长脚写信的时候,心里一直十分激动。伏案写信的长脚将他宽厚的身影投在墙壁上。根鸟在心里由衷地感谢上苍居然让他认识了这样一个人。他要在心里一辈子记住这个人。想到不久就要结束这长长的苦旅,就要梦想成真,根鸟简直想哭一哭。

长脚写信的样子十分潇洒,仿佛他天天坐在案前写一封同样的信,已不需要任何思索。那笔在纸上迅捷地滑动,犹如一阵风吹进巷口,那风便沿着深深的巷子呼呼向前。

长脚将信写好后,交给根鸟:"你不想看一下吗?"

根鸟是识字的,但根鸟不认识这封信上的任何一个字。它是一种别样的文字。那文字仿佛是蛇在流沙上滑行,扭曲的,却在微微的恐怖中流露出一种优美。

根鸟摇了摇头:"我不认识。"

长脚将那封信拿过来,折好后再重新交到根鸟手上:"黑布认识这些文字。"

根鸟问长脚:"我们还会再见面吗?"

长脚一笑:"我想,我们还是会再见面的。"

2

这天傍晚,根鸟果然见到了长脚所说的那个峡谷口。

根鸟骑在马上,向西张望着。这是一条狭长的峡谷。尽是乱石,它们使人想到这里每逢山洪暴发时,是洪水的通道。那时,洪水轰隆轰隆从大山深处奔来,猛烈地冲刷着石头,直把石头冲刷成圆溜溜的,没有一丝尘埃。根鸟低头一看,立即看出了当时洪水肆虐时留下的冲刷痕迹。晚风阴阴地吹拂着根鸟,使他不由自主地打了一个寒颤。

白马朝黑洞洞的峡谷嘶鸣起来,并腾起两只前蹄。

根鸟真的在马上犹豫了。他望着这个峡谷,不知为什么,心里生出了一种难以说清的疑惑。

天已全黑了,几颗碎冰碴一般的星星,在荒老的天幕上闪烁。

根鸟忽然用脚后跟猛一敲马肚。他要让马立即朝峡谷深处冲去。然而,令根鸟不解的是,一向驯服听话的白马,竟然不顾根鸟的示意,再次腾起前蹄,长长地嘶鸣着。根鸟只好从腰中抽出马鞭,往白马的臀部抽去。白马勉强向前,但一路上总是不断地停住,甚至在根鸟没有防备的情况下,突然调转头往回跑去。最后,根鸟火了,用鞭子狠狠地、接连不断地抽打着它。

四周没有一丝声响。峡谷仿佛是一个无底的洞。

半夜时分,已经疲倦不堪的根鸟见到了前面的半山坡上似乎有一星灯火，精神为之一振。他揉了揉眼睛，等终于断定那确实是灯火时，不禁大叫了一声，把厚厚的沉寂撕开了一个大豁口。

那温暖的灯光像引诱飞蛾一样引诱着根鸟。

在如此荒僻的连野兽都不在此出入的峡谷里居然有着灯光，这简直是奇迹，是神话。这种情景，也使根鸟不知为什么感到了一丝恐怖。

一间木屋已经隐隐约约地呈现了出来。

白马却怎么也不肯向前了——即使是根鸟用鞭子无情地鞭打它，它也不肯向前。根鸟毫无办法，只好从马背上跳下，然后紧紧扯住缰绳，将它使劲朝木屋牵去。

灯火是从木屋的两个窗口射出的。那两个窗口就仿佛是峡谷中一个怪物的一对没有合上的眼睛。

根鸟终于将马牵到了小木屋的跟前。"反正已经到了，随你的便吧。"根鸟将手中的缰绳扔掉了，拍了拍白马，"就在附近找点草吃吧。"

根鸟敲响了小木屋的门。

过了一会儿，门打开了。一个肥胖的家伙站在灯光里，问："找谁？"

黑咒语
HEIZHOUYU

根鸟说:"我找一个叫黑布的人。"

"我就是。"那人说道,并闪开身,让根鸟进屋。

根鸟从怀中掏出长脚写的信,递给黑布。

黑布走到悬挂在木梁上的油灯下,打开信,并索索将已打开的信抖动了几下,然后看起来。看着看着,嘿嘿嘿地笑起来。声音越笑越大,在这荒山野谷之中,不免使人感到毛骨悚然。

木屋里还有两个人正呼呼大睡,被黑布的笑声惊醒,都坐了起来。他们揉着眼睛,当看到屋里站了一个陌生的少年时,似乎一切都明白了,与黑布交换了一下眼色,也嘿嘿嘿地笑起来。

根鸟惶惑地看着他们。

黑布说:"好,送来一个人,还送来了一匹马。老板说,那马归我了。还是匹好马。"他对一个坐在床上的人说:"疤子,起来去看看那匹马,把它拴好了。"

叫疤子的那个人就披上衣服,走出木屋。

黑布坐了下来,点起一支烟卷来深深地抽了一口,问根鸟:"知道你是来干什么的吗?"

根鸟说:"我是来请你指点大峡谷在什么地方

的。"

"什么?什么大峡谷?"

根鸟就将事情的经过告诉了黑布。他一边说,一边在心中生长着不安。

黑布听罢,大笑起来,随即将脸色一变:"好,我来告诉你。"他用右手的手指将拿在左手中的信弹了几下:"这上面写得很清楚,你是来开矿的!"

根鸟吃惊地望着黑暗中的黑布:"开矿?开什么矿?"

黑布说:"你明天就知道了!"

根鸟忽然意识到了什么,一边望着黑布,一边往门口退去。估计已退到门口了,他猛地掉转身去。他正要跑出门去,可是,那个叫疤子的人将双臂交叉着放在胸前,堵住门口。

黑布不耐烦地说:"老子困得很。你俩先将他捆起来,明日再发落!"

于是,床上的那一个立即从床上跳下来,从床下拿出一根粗粗的绳索,与疤子一道扭住拼命挣扎的根鸟,十分熟练地将他结结实实地捆了起来,然后将他扔到角落里。

黑咒语

这时疤子对黑布说:"我下去时,远远看见一匹马来着,但转眼的工夫就不见了。"

"明日再说吧,它也跑不了!"黑布说。

第二天一早,根鸟被黑布他们押着,沿着峡谷继续往前走。路上,根鸟听疤子对黑布说:"怪了,那马不知跑到什么地方去了。"黑布说:"可能跑到山那边的林子里去了。且别管它,总有一天会逮住它的。"根鸟就在心中祈祷:白马呀,你跑吧,跑得远远的。

大约在中午时分,当转过一道大弯时,根鸟看到了一个令他十分震惊的景象:一片平地上,盖有十几间木屋,有许多人在走动和忙碌,不远处的一座小山脚下,忙碌的人尤其多,那里似乎在冶炼什么,升起一柱浓浓的黄烟。荒寂的山坳里居然一派紧张与繁忙。

黑布踢了踢脚下的一块石头,对根鸟说:"这就是矿!"掉头对疤子说:"将他带走,钉上脚镣,明天就让他背矿石去!"

根鸟被带到一个敞棚下,被疤子按坐在一张粗糙的木椅上。

根鸟也不挣扎,心里知道挣扎了也无用。他的目光有点呆滞,心凉凉的,既无苦痛,也无愤恨,随人摆布去吧。

一旁蹲着一个老态龙钟的老头。他在那里打瞌睡,听见了动静,迟缓地抬起头来。根鸟看到,那是一个独眼的老人。老人默默地看了根鸟一眼。根鸟觉得自己犹如被一阵凉风吹着了,不禁心头一颤。那目光飘忽着离开了,仿佛一枚树叶在飘忽。

"老头,给来一副脚镣。"疤子说。

独眼老人站起身,蹒跚着,走向一个特大的木柜,然后打开门,从里取出一副脚镣来,又蹒跚着走过来。脚镣哗啦掉在根鸟面前的地上。

根鸟望着冰凉的脚镣,依然没有挣扎,神情木然如石头。

脚镣被戴到了根鸟的脚上。一个大汉挥动着铁锤,在一个铁砧上猛力砸着铁栓,直到将铁栓的两头砸扁,彻底地锁定根鸟。那一声声的锤击声,仿佛在猛烈地敲击着根鸟的灵魂,使他一阵一阵地颤栗。

独眼老人一直蹲在原先蹲着的那个地方,并仍

黑咒语
HEIZHOUYU

然垂着头去打瞌睡,好像这种情景见多了,懒得再去看。那样子跟一只衰老的大鸟栖在光秃秃的枝头,任由其他的鸟去吵闹,它也不愿抽出插在翅膀下的脑袋一般。

钉上脚镣之后,根鸟就被松绑了。

疤子对独眼老人说:"带他去五号木屋,给他一张床。"说完,他就领着另外几个人回那山坡上的小木屋去了。

独眼老人将双手背在身后,佝偻着,走在前头。

根鸟拖着沉重的脚镣跟在独眼老人的后头。脚镣碰着石头,不停地发出哐当哐当的声音。

离那木屋有一段路。根鸟缓慢地走着,用心地看着这个几乎被隔绝在世外的世界。这里的天空阴沉沉的,没有一丝活气。无论是山还是眼前的乱石,仿佛都不是石头,而是生锈的铁,四下里一片铁锈色,犹如被一场大火烧了七七四十九天。到处飞着乌鸦。一只只乌鸦黑得发亮,犹如一只只夜的精灵。它们或落在乱石滩上,或落在岩石和山头上,或落在一株株扭曲而刚劲、如怪兽一般的大树上。从远处走过一个又一个的人来。他们稀稀拉拉,似乎漫无尽头。他们的面色不知是为四周的颜色所照还是因为本色就是如此，也呈铁锈色。他们吃力地用柳篓背着矿石，弯腰走向那个冒着黄烟的地方。他们对根鸟的到来无动于衷，只偶尔有一个人会抬起头来，冷漠地看一眼根鸟。显然，他们中间有许多人已经在这矿山待了一段日子了，那脚镣被磨得闪闪发亮。乱石滩上，一片脚镣的声音。这声音仿佛是有人在高处不停地往下倾倒着生铁。使根鸟感到不解的是，他们中间的许多人，竟然没有戴脚镣，纯粹是自由的。然而，他们却显得比那些戴着脚镣的人还安静。他们背着矿石，眼中没有一丝逃脱的欲望，仿佛背矿石就是他们应做的事情，就像驴要拉磨、牛要耕地一样。有几个年轻力壮的，想必是还有剩余的精力，一边背着矿石，还一边在嘴中哼唱着，并且互相嬉闹着。

根鸟跟着老头路过那个冒黄烟的地方时，还不禁为那忙碌的很有气势的场面激动了一阵。一只高高的炼炉，有铁梯绕着它盘旋而上，又盘旋而下，那些人不停地将矿石背上去，倒进炼炉，然后又背着空篓沿铁梯从另一侧走下来，走向山沟沟里的矿

黑咒语

场。这是一个无头无尾的永无止境的循环。一只巨大的风箱,用一根粗硕的铁管与炼炉相连。拉风箱的,居然有十多个人。他们打着号子,身体一仰一合地拉着,动作十分整齐。风在铁管里呼噜呼噜地响着,炼炉不时地发出矿石受热后的爆炸声。所有这一切交织在一起,很让人惊心动魄。

走到五号木屋门口,独眼老人没有进屋。他对根鸟说:"靠里边有张空床。那床上三天前还有人睡,但他已死了,是逃跑时跌下悬崖死的。"

根鸟站在木屋的门口,迟疑着。

独眼老人不管根鸟,转身走了。走了几步,他转过头来。那时,根鸟正孤立无援、可怜巴巴地望着他。独眼老人站在那里好一会儿。再一次往前走时,他伸出一只已伸不直的胳膊,指了指四周,对根鸟说道:"这地方叫鬼谷。"

那时,一群乌鸦正飞过天空。

第二天,根鸟背着第一筐矿石往炼炉走时,看见了长脚。

长脚风风火火走过来时,人们立即纷纷闪到一边,并弯下腰去,将头低下。

长脚的身后,由疤子他们又押解了三个人。根鸟立即认出来了,他们都是那天他在那个小镇上所看到的人,其中一个,就是那个瘫坐在巷口的少年。

长脚似乎想要在这里停住欣赏他的矿山,立即就有人搬来椅子。他一甩黑斗篷,那黑斗篷就滑落下来,晾在椅背上。他在椅子上坐下,跷起腿来。阳光下,他的脑袋贼亮,仿佛是峡谷中的一盏灯。

根鸟走过来时在长脚的面前停住了。他怒视着长脚。

长脚冷冷地一笑,仰起头来对身后的疤子说:"这小子十分容易想入非非,你们务必要将他看紧一点。"

3

深夜,根鸟睁眼躺在光光的木床上。背了一天的矿石,他已经非常疲倦了,但脚镣磨破了他的脚踝,疼痛使他难以入睡。他十分后悔自己的轻信。但这大概是他的一个永远也去不掉的弱点了。根鸟就是这样的根鸟,要不是这样的根鸟,他也就不会踏上这一旅程。根鸟一辈子只能如此。

一屋子睡着十多个人,此刻都在酣睡之中。有人在说梦话,含糊其辞;有人在磨牙,狠巴巴的仿佛要在心中杀死一个人。

根鸟想着自己的处境,心中悲凉。

屋外,月亮照着空寂的峡谷。山风吹拂着屋后的松林,松针发出呜呜的声响。一只乌鸦受了惊动,尖叫了一声。它似乎向别处飞去了,那声音便像是流星在空中滑过,最后坠落在远处的松林里。

根鸟终于抵挡不住困倦,耷拉下眼皮。就在他处于迷迷糊糊的状态时,他听见了山头上有马的嘶鸣声。这嘶鸣声如同一支银箭在夜空下穿行。根鸟一下子就清醒起来:我的马,我的白马!

嘶鸣声渐逝,天地间又归于让人难以忍受的沉寂。

就在根鸟渴望再一次听到马的嘶鸣声时,那马果然又嘶鸣了。这一声嘶鸣显得十分幽远,却又显得万分的清晰。嘶鸣声使灰心丧气的根鸟感到振奋。他躺在那里无声地哭了起来。

第二天,根鸟在背矿石时,看到疤子带着两个人，背着枪往那座山的山顶爬去。有人说："山顶上有一匹马，他们找那匹马去了。"整整一个上午，根鸟的心思就全在马身上。他静静地听着山顶上的动静，心中满是担忧。

都快中午了，疤子他们还未下山。

在去那间木屋吃午饭时，根鸟不时地回过头来看那座山。

根鸟没有在大木屋里吃饭，而是来到了大木屋门口的乱石滩上。他又朝那座山望了望，然后在一块石头上坐下来。他吃着饭，但心里还在惦记马。

山上突然传来一声沉闷的枪响，群山为之震颤。

饭盆从根鸟的手中跌落下来，在石头上跌得粉碎。他站起来，木讷地望着被飘来的乌云笼罩成暗黑色的山。

在根鸟背下午第二篓矿石时，他看到了空手而归的疤子他们。他站住了，将眼珠转到眼角，仇恨地看着疤子。

疤子意识到了根鸟的目光。他站住了，对根鸟说："你若不死心塌地地待在此地，就将与你的马一样的下场！"

黑咒语

根鸟依然用那样的目光看着疤子。

这天夜里,根鸟的心仿佛枯萎了一样,死人一般躺着。他既无逃跑的欲念,也不去惦记任何事物。他的大脑就如同这贫瘠的、任由日月照拂的乱石滩一样。以后的岁月,根鸟不愿再去想它。什么大峡谷,什么紫烟,一切只不过是梦幻而已,由它飘去吧。在松林的呜呜声中,他沉沉睡去了。

大约是五更天了,根鸟在朦胧中似乎又听到了马的嘶鸣。他以为是在梦中,便挣扎着醒来用耳去谛听。除了松林的呜呜声,并无其他声响。根鸟并不感到失望。他心里知道,他将永远再也听不到他的马的嘶鸣了。他合上眼睛。而就在他要再一次睡着时,他又听到了马的嘶鸣声,依然是在苍茫的山顶,真真切切。根鸟的心禁不住一阵发抖。马仿佛要让根鸟进一步听清楚,嘶鸣声更加洪大起来。空气在震动,松针因为气流的震动,而簌簌作响。

马的嘶鸣,使根鸟的一切似乎死亡的意识与欲念,又重新活跃起来。

每天夜里,根鸟都能听到马的嘶鸣声。但使他感到奇怪的是,疤子他们并没有再去追捕白马——

他们好像根本就没有再听到马的嘶鸣。这天,他在背矿石的途中,与一个他已认识的、和他年龄差不多大的、叫油桐的说:"你夜里听到马的叫声了吗?"

"没有。那马已经被枪打死了。"

根鸟又去问其他几个人,他们也都摇头说:"那马已经死了,怎么可能还叫呢?"

根鸟几乎要动摇了。他背上的矿石就突然地沉重起来。但就在这天夜里,他还是听到了马的嘶鸣声。他听着满屋的鼾声,证明自己确实是醒着的。他下床摇了摇熟睡中的油桐:"你听呀,马在叫呢。"

油桐听了半天,摇了摇头:"哪来的马叫声?"

根鸟急了:"你听,你听,多么清楚的马叫声!"

油桐屏住呼吸又听了一阵,说:"根鸟,你还是睡觉吧。马,它早死了。"

根鸟叹息了一声,拖着脚镣走出了木屋。他走到开阔的乱石滩上。那时皎洁的月光正十分明亮地照着周围的世界。他朝山顶眺望着。这时,他发现有一片朦胧的白色正在绿树结成的黑暗里闪动着。有时,大概是因为没有一丝遮挡,那片白色居然显得闪闪发光。"那是我的白马!"根鸟在心中认定了这

黑咒语

一点。那马似乎非常焦躁不安,在林子里不停地走动,白光便在林间不住地闪动。

根鸟在返回木屋的那一刻,心中生出一个结结实实的念头:我要逃跑!

此后的几天时间里,根鸟就一直在悄悄地观察着四周的情况,寻找着逃跑的通道,在心中周密地计划着逃跑的方案。他要一次成功。他发现了一条被杂草覆盖的小道,是通往山上去的。他只能翻过山去寻找西行的道路,而不能从峡谷口走出——那儿是绝对走不出的。

这天中午,根鸟坐在石头上吃饭。独眼老人端着饭盆也走过来,坐在离他身边不远的一块石头上。

根鸟从独眼老人的身上感到了一种巫气。他觉得这种神秘的巫气,仿佛是夜间的一股让人头脑清爽的寒流。

独眼老人用他那只黑黑的似乎深不可测的独眼望着根鸟。

根鸟从那束目光里分辨出了他已经久违了的慈祥与暖意。这种慈祥与暖意只有父亲的目光里才有。

独眼老人望着眼前的大山说:"你是走不出去

的。"

根鸟端着饭盆,给独眼老人的是一副固执的形象。

独眼老人深深地叹息了一声。

就在这天夜里,根鸟趁屋里的人都睡熟时,悄悄地穿上衣服,又悄悄地将早已准备好的破麻袋片厚厚地缠绕在脚镣上,然后悄悄地走出了木屋。

这是一个浓黑的夜晚。整个世界是个黑团团。

根鸟只能在心中感觉方向。他既不能走快,又不能走慢。快了会发出声响,而慢了他又不可能在一定的时间内翻过山去。脚镣在石头上拖过去时,还真无多大的响声。根鸟要注意的是防止脚镣在地上拖过时将石块拖动,从而撞击了另一块石头而发出声响。

一只乌鸦突然叫了一声,恐怖顿时注满了偌大的空间。

根鸟出了一身冷汗,两腿一软,蹲下了。

这时,山顶上传来了马的嘶鸣声。

根鸟仿佛听到了一种召唤,站起来朝那条小道走去。

黑咒语

根鸟踏上那条小道,已经是后半夜了。他忍受着脚踝处的锐利疼痛,拖着沉重的脚镣,往山顶攀登着。道路十分难走。他要在付出很大的力气之后,才能走很短的一段路。树枝以及冒出的石块,经常勾住脚镣,已几次使根鸟突然地摔倒。他的脸已经在跌倒时被石片划破,血黏乎乎的,直流到嘴角。他渴了,便用舌头将血从嘴角舔进嘴里。爬到后来,他必须在心中不住地想着那个大峡谷,才能勉强地走动。

浓墨一样的夜似乎在慢慢地淡化。

凉风吹着根鸟汗淋淋的胸脯,使他感到了寒冷。他仰脸看看天空,只见原是什么也看不见的天空,在由黑变灰,并有了几颗细小的星星。离天亮大概不远了,而他估摸着自己最多才爬到半山腰。他忽然泄气了。因为,在天亮之前,他不能翻过山去,长脚一得到他逃跑的消息,便会立即派人来四处搜寻,他便会很快被发现、被重新抓回去。

根鸟抱着一棵树,身体如一大团甩在树干上的泥巴,顺着树干,软乎乎地滑落了下去。

马再一次嘶鸣,但未能使根鸟再一次站起身来继续往山顶上爬。嘶鸣声终于在天色发白时,渐渐消失在缥缈的晨曦里。

远处的山峦已依稀露出轮廓。

根鸟的头发被露水打湿,湿漉漉的,耷拉在冰凉的额头上。

太阳未能按时露面,因为峡谷里升起白雾,将它暂时遮掩了。雾在林子间流动,像潮湿的烟。

根鸟已听到了山下杂乱的脚步声。他知道,长脚已知道他逃跑了,派人搜寻来了。他没有一点害怕,也不想躲藏起来,而依然一动不动地坐在树下,闭着双眼,将头与背倚在树干上。

树叶哗啦啦地响着,被蹬翻了的石头骨碌骨碌地滚着。过了一会儿,根鸟就听到了人的喘息声。他睁开眼睛时,看到了数不清的模糊的人影,织成网似的正往山上搜寻而来。几丛灌木正巧挡着根鸟。根鸟都看到搜寻者的腿的晃动了,但搜寻者却一时不能将他发现。

有一个人站在离他不远处的地方撒尿。尿落在地上的落叶上,被落叶所围,一时不能流走,在那里临时集成一个小小的水洼。越尿到后来,地上的

黑咒语

水声也就越大。

根鸟并不能看见如此情形,但他的眼前却浮现出一团令人恶心的泡沫。他往地上啐了一口。

除了疤子等少数几个人之外,到山上来搜寻的人,都是像根鸟一样被诱进峡谷的。根鸟实在不能明白这些家伙:你们自己不打算逃跑,为什么还要阻拦别人呢?你们为什么不想方设法逃出这地狱般的峡谷呢?眼下是多好的机会!你们脚上没有脚镣,跑起来轻得如风,翻过山去,你们就自由了!

雾像水一样慢慢地退去,于是,根鸟像一块沉没的石头渐渐露了出来。

根鸟终于被发现了。他被人拖下山去。

根鸟双臂反剪,被吊在乱石滩上的一棵已经枯死的老树上。他既不咒骂,也不哭泣求饶,任由疤子们用树枝抽打着。

疤子们抽累了,就扔下根鸟,坐到不远处的敞棚下抽烟。

根鸟被吊在阳光里的树下。因为双手反剪,从远处看,就像一只黑色的飞鸟。

根鸟的胳膊由疼痛变成了麻木。一夜未睡,加上疤子们对他的折腾,他困了,居然迷迷糊糊地睡着了。

根鸟醒来时,长脚正站在他的面前。他憋足了劲,将一口带血的唾沫用力吐在长脚的脸上。

长脚恼怒了,命令人将根鸟放在地上。长脚一把揪住根鸟蓬乱的头发,扳起了他的脑袋说:"你看呀,这就是你要找的大峡谷——长满百合花的大峡谷!"

根鸟紧紧地闭上了眼睛,但他却分明看见了那个长满百合花的大峡谷。那种高贵的花,把大峡谷装点得一片灿烂。

长脚更加用力地揪住了根鸟的头发,让他朝炼炉看去:"你再看呀,那是什么?是你梦中的小妞!叫什么来着?噢,叫紫烟!多好听的一个名字!呸!不叫紫烟,叫黄烟!看见了吗?看见了吗?那边,就是那边,一股黄烟正在升起来,升起来……"

根鸟双眼依然紧闭,但他却分明看见了紫烟:她可怜地站在银杏树下,正翘首凝视着峡谷上方的一线纯净的蓝天。

长脚一松手,根鸟跌落在乱石上。

4

几天以后,根鸟才能下床行走。

这天,根鸟被叫到了用来吃饭的大木屋里。那时离吃中午饭还有一段时间。他被告知:"抢在众人前头,早点吃一顿好一些的东西,下午恢复背矿石。"疤子第一次变得亲切起来,对根鸟说:"你坐下来,自然会有人给你送来的。"

根鸟在凳子上坐下了,将两只胳膊肘支在已裂开缝的木桌上。

独眼老人出现了。他看到根鸟独自一人坐在饭桌跟前时,独眼闪过一道惶恐与不安。他在角落里坐下,但不时地用独眼瞥一下根鸟。

根鸟实在太饿了,只惦记着食物,并没有注意独眼老人。

也就是一盘食物。但这一盘食物简直让根鸟两眼发亮。它被端过来时,就已经被根鸟注意到了。它盛在一只白色的盘子里,在端着它的人的手中,红艳艳地炫耀着。根鸟还从未见过盘子中的东西:

独眼老人

它们是豆子呢，还是果子呢？一颗颗，略比豌豆大，但却是椭圆形的，为红色，色泽鲜亮，晶晶地直亮到它的深处，仿佛一颗颗都是透明的。它们闪动着迷人的光泽，撩逗着人的眼目，也撩拨着人的食欲。望着这样一盘食物，饥肠辘辘的根鸟，不禁馋涎欲滴，颤抖着将手伸向那只盘子。

独眼老人干咳了一声。

根鸟这才注意到了独眼老人。他从独眼老人的独眼中看到了一种奇异的神色，但他无法去领会这种神色，只是朝老人微笑了一下，依然将手伸向那盘美丽的果子。他用手指捏了几颗，放在左手的手掌上，又一颗一颗地送入嘴中。果子在手中时，根鸟觉得它是温润的，而放入嘴中轻轻一咬，又是嘣脆的。根鸟实在无法去描绘这果子的奇妙味道。他生长在山区，吃过无数种果子，但还从未吃到过如此鲜美的果子。甜丝丝的，又略带了些酸涩，并略带了一些麻，那种麻在刹那间就给根鸟带来了一种神经上的快意。他咀嚼着，过一会儿，鲜红的果汁就染红了那因饥饿、营养不良而发白的嘴唇，使他立即呈现出一副健康的状态。

独眼老人连连干咳着。

根鸟又看到了独眼老人的目光,但他依然无法领会。

那果子正一粒一粒地丢入根鸟的嘴中。根鸟还不时地闭起眼睛,去仔细地品味着果子的味道。果子使他忘记了脚踝处伤口的疼痛,忘记了自己的处境。他在一种空前的美味中,任由自己在一种满足中徜徉。他想抓几粒果子送给独眼老人尝一尝,但打消了这个念头,因为,他的身体太需要这样的食物了。他在心中不免对独眼老人抱了一番愧意。这种愧意使他不再去注意独眼老人。他将脸偏向窗外,从而避免了与独眼老人的目光相碰。

疤子一直坐在墙角里的一张凳子上。

一束阳光从窗子里照进来,正好照着盘子中的食物。那些果子便一颗颗如同玛瑙般闪耀着充满魅力的光。这种光,是一种令人向往又令人迷乱的光。

根鸟守着这盘似乎来自于天国的美食,而沉浸在一片惬意之中。

独眼老人突然叫了起来:"炼炉那边,好像着火了!"

独眼老人

疤子听罢,立即从凳子上跳起来,跑到门外。

就在这时,独眼老人以出人意料的速度猛扑过来。不等根鸟作出反应,独眼老人就一把抢过那只盘子,冲向窗口,将那盘果子倒到了窗外,然后又迅捷地返转身来,将空盘子放在根鸟的面前,轻声说道:"你千万要说,这盘果子已经被你吃掉了!"他有力地抓住根鸟的手抖了抖,又回到刚才坐的凳子上,依然摆出一副衰老昏庸的神态。

根鸟似乎从老人的用力一握中感觉到了什么。他惶惑地望着那只空空的盘子。

窗外,一片鸦鸣。

根鸟看到,无数的乌鸦,各叼了一颗那鲜红欲滴的果子,从窗下飞上天空。

这天晚上,独眼老人在乱石滩上找到了死人一般躺在那儿痴望天空的根鸟,然后在他身旁坐下。疲倦的人们都已躺到床上去了,乱石滩上全无一丝声响。细镰一般的月牙,只在西边山梁上悬挂了片刻,便沉落到苍黑的林子里。不远处,一条小溪在流动着,发出细碎的水声。

独眼老人说:"务必记住我的话:不要吃那种果

子！他们还会让你吃的。"

根鸟坐起身来，望着老人的独眼——那独眼居然在黑暗里发着黑漆漆的亮光。

"你看见了，有那么多的人，他们并没有戴脚镣，但他们却没有一个有逃跑的心思。知道为什么吗？就是因为吃了那种果子。那果子叫红珍珠，只长在人难以走到的深山里。一个人只要连着吃上四五顿，从前的一切便会忘得一干二净，就只记得眼前那点事了。"

根鸟不禁出了一身冷汗，下意识地往独眼老人身边靠了靠。

"天底下，那些颜色最鲜艳的东西，差不多都不是好东西，你尽量别去碰它。林子里那些长得鲜红的，红得像蛇芯子一样的蘑菇，它打老远就引逗你走过去看它，可它是有毒的。"

"他们怎么没有让你吃呢？"

独眼老人压住声音，用公鸭般的嗓子笑了。他没有回答根鸟的问题。但根鸟似乎感觉到了那种笑声底下，藏着他的得意与自命不凡：哼！这是一种什么样的果子，我还能不清楚！

独眼老人

快分手时,独眼老人说:"你是要向西走,去做一件大事,对吗?"

"你是怎么知道的?"

独眼老人一笑,在根鸟的肩上拍了拍,说道:"我是看出来的。"他走了,但只走了几步,又回过头来,小声叮嘱道:"千万不要吃那果子。我知道你会有办法对付的。"

独眼老人走了。

根鸟看着他弯曲的背影融入浓浓的夜色里。

从此,根鸟与独眼老人之间,便有了一根无形的线牵着——牵着一颗依然稚嫩的心和一颗已经衰老的心。在又一次的相会时,根鸟将那个珍藏在心中的秘密全部告诉了老人。老人听完之后,什么也没说,只把胳膊无力地搭在根鸟的肩上,然后唱了一支苍凉而荒古的歌。那歌使根鸟仿佛在滚滚的寒流中看到了一片脆弱的绿叶,在忽闪忽闪地飘动。

正如独眼老人所说,疤子他们又以特殊恩惠的样子,单独给根鸟端来四盘红珍珠,但都被根鸟机智地倒掉了,其中一盘是趁人不备倒在怀里的。他

黑咒语
HEIZHOUYU

走出门去,来到了僻静处之后,腰带一松,那果子便一粒一粒地掉在地上。

这天下午,根鸟背矿石的篓子坏了。得到疤子的允许之后,他走进了一个狭小的小山坳——他要砍一些柳条补他的篓子。进入山坳不久,他便看到了寂静的山坡上长着的红珍珠。那么一大片,生机盎然地长着。这种植物很怪,算作是草呢还是灌木与树呢?根鸟无法判断。叶子小而稀,状如富贵人家的女子的长指甲,深绿,阴森森的;茎瘦黑而苍劲,像垂暮老人的紫色血管。叶下挂满了果子,那果子比盘中的果子还要鲜艳十倍,仿佛淋着一滴滴的鲜血。令根鸟感到吃惊和恐怖的是,这山坡上,除了这片红珍珠之外,竟然寸草不生,四周都是光秃秃的褐色石头。根鸟再看这些果子,就觉得那红色显得有点邪恶。他不敢再靠近了。

山顶上坐着一个孩子。他看到根鸟走来时,便从山顶上冲了下来。

根鸟看着这孩子,说:"你叫青壶。"

"你是怎么知道的?"

"独眼老人告诉我的。他说,有一个叫青壶的孩子，看着一片红珍珠。"

青壶不无得意地看了看那片由他看管着的红珍珠。他的目光是单纯的。而正是这种单纯，使根鸟心头轻轻飘过一丝悲哀。独眼老人说过，这个孩子是去年秋天被诱进这个峡谷的。他是寻找失踪的父亲，在一个小镇的酒馆中乞讨时被长脚看到的。刚来峡谷时，以为他是个孩子，也就没有好好看管他，他竟然逃跑了。但他在山中迷了路，转了两天，又转回到峡谷里。长脚说："再过两年，他就可以背矿石了。"于是，疤子就给他吃了四顿红珍珠，从此，他既忘了外面的世界，也忘了失踪的父亲。无论是刮风还是下雨，青壶总是坐在山头上，聚精会神地守护着这片神圣不可侵犯的红珍珠。

根鸟不想在这里久留，砍了几根柳条，赶紧往外走。

青壶忽然叫道："你以后还会来吗？"

根鸟回过头来时，看到青壶正用一双纯净如晴空的眼睛，十分孤独地看着他。他朝青壶点了点头，匆匆离去了。

5

根鸟的脚镣被砸开了。

根鸟再走路时,突然失掉了重量,一时不能保持平衡,觉得过于轻飘,踉踉跄跄的,犹如醉人。但根鸟心中有说不出的激动。他在乱石滩上跑起来,轻如秋风。他已有很长一段时间不能跑动了。沉重的脚镣,使他只能将脚在地上拖着走动。走路的样子仿佛一个拉屎之后屁股还未擦的孩子要去找大人帮着擦屁股。他日夜渴望着这一天的到来:他能毫无羁绊地跑动。在远离疤子他们之后,跑动的根鸟在清风里暗地流泪了。他知道,此刻他必须克制住自己,继续他的伪装。他必须在十分有把握的情况之下,才能进行又一次逃亡。而这一次必将是最后一次了。他在心中想着这一点,又蹦蹦跳跳地跑回到疤子们的面前。

就在这天下午,疤子们将根鸟带到了峡谷口。

然后,他们掉头就往矿区那儿走了。根鸟闻到了从峡谷口吹来的外面世界的新鲜气息。那天夜里,他就是在这里走入地狱的。而如今他又站在这地狱的出口处。他只要拼命朝东跑起来,就会很快跑回到应该走的旅途上。然而,智慧的根鸟往远处的林子里轻蔑地一瞥,掉过头去,望着疤子他们已经几乎消失的背影,也朝矿区那边走去,并且显得急匆匆的,好像一个贪玩的孩子在夕阳西下时忽然想到该回家而往家里走一样。

根鸟知道,前面的林子里埋伏着长脚派去的守候的人。

根鸟回到矿区时,太阳已经沉没。他在乱石滩上遇见了独眼老人。两人相视一笑,擦肩而过。

从此,再也没有人去看管根鸟。

根鸟的内心是自由的,他的身体也即将自由。他混在背矿石的队伍里,一方面为即将到来的日子而在心中暗暗兴奋,一方面为那些戴着脚镣的和不戴着脚镣而一样必须永远生活于这地狱中的人感到悲伤。

根鸟已好几次去看青壶了。

青壶一见到根鸟时,就会欢呼着从山顶上冲下来。而过不多一会儿,根鸟又会带着青壶重新登上山顶。根鸟看到了一条最佳的逃路,而这逃路就在这长着红珍珠的山上。他从山顶往下看时,看到了茂密的森林。他透过树木的空隙,看到了一条弯弯曲曲的废弃了的小道。他断定,这条小道是通向山下,通向大道的。他还隐隐约约地听到了遥远的山脚下传来的狗叫声。因此,他认定山下是有人家的。他在山顶上毫不掩饰去察看逃路,因为他知道青壶是毫无想法的。

青壶只知道向根鸟说自己守护着的红珍珠:"乌鸦总来偷吃红珍珠,我就拿着树枝轰赶它们。它们可鬼了,就落在附近的树上。要是我不留神,它们就会立即飞下来吃红珍珠。我才不会上当呢,我把红珍珠看得牢牢的,它们一颗也吃不着。"他望着那片红珍珠,洋洋得意地又显得不好意思地说:"疤子夸奖我了,说我看红珍珠看得好。"

根鸟看着青壶那副天真的样子,心中满是悲哀。

根鸟问青壶:"你从哪儿来?"

青壶望着根鸟,神情茫然。

青壶又黑又瘦,眼睛仿佛是两只铃铛。他的胸脯,呈现出枝条一般的肋骨。每当根鸟看到青壶的

红珍珠

这副形象,他就对山坡上那片红艳艳的红珍珠充满仇恨。他在心里发誓,他一定要将它们全部化为灰烬!

根鸟一天一天地坚持着。因为在等待着那一天的到来,晚上,他总不能很快入睡,夜晚便显得格外漫长。他躺在床上,将眼睛睁着,一会儿紧张,一会儿兴奋,一会儿热得出汗,一会儿又凉得发抖。他有点像一只忧心忡忡的老鼠,总在担心自己心中的心思被人窥破了。谁只要多看他一眼,他就会在心里不安半天。晚上睡不安稳,加之夏天已经来临,他的身体就变得十分清瘦。

但独眼老人每次遇到他时,总还是用他的独眼告诉根鸟:沉住气!

这天夜里,根鸟惊讶得几乎要从床上蹦跳起来:他又听到了马的嘶鸣声!那次逃跑失败后,他就一直没有再听到马的嘶鸣声了。他怀疑前几次在夜间听到的马的嘶鸣,真可能是自己的幻觉。他都将那匹白马忘了。而现在,它却在黑茫茫的夜晚又嘶鸣起来了。那声音是穿过密匝匝的树叶传来的,是颤抖着的。但千真万确,是他的白马的嘶鸣。难道这是白马的幽灵徘徊在山头吗?

嘶鸣声成了根鸟心中的号角。

根鸟终于在一天的黄昏,走向在小溪边洗脚的独眼老人。他平静地告诉独眼老人:"今夜,我要走了。"

独眼老人没有阻止他:"你打算烧掉那片红珍珠?"

根鸟没有问独眼老人是怎么知道他的心思的。他对独眼老人的这种神明般的先知都已习以为常了。他只是朝独眼老人点了点头,然后赤脚站到水中,将独眼老人那双长长的、平平的、已软弱无力的脚握在手中。他用力地给独眼老人搓擦着。

"你还想带走青壶?"

"是的。"根鸟抬起头来望着独眼老人,"我还要带着你一起走!"

独眼老人坚决地摇了摇头:"我已走不动了。"

"还有那么多人怎么办?"根鸟望了一眼在远处走动的人们。

"每隔半年,他们都要再一次吃红珍珠,只有这样他们才能不返回从前。你只管把那片红珍珠统统烧掉便是了,就别去管他们了。"

在逃跑的前几天,根鸟常往青壶守护的山坳里跑。疤子他们也不很在意,以为是两个孩子互相吸引,合在一起玩耍。根鸟捡了一捆又一捆枯树枝,堆放在一块岩石的后边,他对青壶说:"我们要在这里搭一座房子。"青壶听了,觉得这是件有趣的事情,就和根鸟一起捡,直到根鸟说:"够了,不用再捡了。"才作罢。

这个日子是精心选择的。

天不黑也不亮。亮了,容易被发现,黑了又难以看清逃跑的山道。那月亮似乎有心,苍白的一牙,在不厚不薄的云里游动,把根鸟需要的亮光不多不少地照到地上。这又是一个特别的日子——是长脚家族发现这座铁矿、将第一个人诱进峡谷的日子。每逢这个日子,长脚家族总要铺张地庆祝一番。这天,长脚让疤子去通知各处干活的人们早早收工,然后到大木房集中会餐。大木房准备了足够的酒和菜,大家可尽情地享用。已多日闻不见酒香的人,见一大桶一大桶的酒摆在那里,就恨不得一头扎进酒桶里。他们操起大碗,在桶边拥挤着,抢舀着气味浓烈芬芳的酒。不多一会儿,就有人喝醉了,倒在大木屋门口的台阶下。这是一个没有戒备的日子。

长脚站在人群中,也端着酒碗,不时与人们干杯。他神采飞扬,双目炯炯有神。

根鸟混杂在人群里,也拼命用大碗去桶里舀酒。在长脚的目光下,他大口喝着,酒从嘴角哗哗流进脖子。但他很快就在人群中消失,而走出大木屋。见四下无人,他便将酒泼向乱石滩。然后,他又重返大木屋,在长脚的目光下,再一次舀满了一碗酒。

当根鸟拿着空碗,摇摇晃晃地又要进大木屋时,他看见独眼老人正端着酒碗坐在门槛上。独眼老人朝他微微一点头,根鸟便立即听出:就在今天!

月亮偏西时,木屋里外、乱石滩上,到处是喝倒了的人,其情形仿佛是刚有一场瘟疫肆虐过,只留下尸横遍野。

根鸟也倒下了,倒在离青壶守护的山坳口不远的地方。他的心慌乱地跳着,不是因为酒,而是因为那个时刻。他望着星空,把激动、兴奋与狂喜统统压在心底。此刻,时间在根鸟的感觉里是有声音的,像马蹄声,像流水声,像风来时芦苇的折断声……

红珍珠

独眼老人在唱着一首充满怀恋、惜别又让人心生悲凉的歌：

> 河里有个鱼儿戏，
> 树上有个鸟儿啼。
> 啼只啼，
> 个个都是有情意。
> 既有意，
> 就该定下个长远计。
> 空中的鸟儿，
> 波浪里的鱼，
> 细想想，
> 鱼归沧海鸟飞去，
> 倒落得独自一个添忧虑……

根鸟终于爬起来，走向黑色的山坳。

松树上，挂着一盏四方形的玻璃罩灯。蛋黄样的灯光从高处照下来，照在那片红珍珠上。离灯光近的地方，那红珍珠一粒一粒的，如宝石在烛光下闪烁。夏夜的露水湿润着红珍珠，使它散发出一种甜丝丝的令人昏睡的气息。

青壶的酒菜是专人送来的。小家伙显然也喝酒了,正在灯下的草席上酣睡。

"过一会儿,我就要带你走了。"根鸟蹲下来,望着青壶在睡眠时显得更为稚气的面孔,心中满是一个哥哥的温热之情。他没有惊动青壶,而独自一人走到岩石背后,然后将那些枯枝抱过来,一部分堆放在红珍珠地的四角,一部分撒落在红珍珠丛中。枯枝全部分完之后,他拔了一小堆干草,将玻璃罩灯摘下,转过身去挡住微风,打开玻璃罩,用灯火点燃了一把干草。他放下玻璃罩灯,抓着点燃的干草,点燃了第一堆枯枝。他又用一把点燃的干草,点燃了第二堆枯枝……他在做这一切时,显得不慌不忙。仿佛这世界空无一人,他在自由自在地做一件他愿意做的事情。

四堆枯枝如四座火塔,立即照亮了山坳。

根鸟坐到青壶的身旁。他看到火光忽明忽暗地照着依然在熟睡的青壶。

火从四角迅速地向红珍珠地里蔓延,四个点正变成线和面。火光里,红珍珠一粒粒,鲜红无比,

红珍珠

仿佛是妖女在黑暗中看人的眼珠。不一会儿红珍珠地就在大火里劈劈啪啪地响起来,仿佛大年三十的爆竹声。被火所烤的红珍珠,一粒一粒在爆裂,果汁在火光里四溅,犹如一只只乱飞的红色蚊虫。

根鸟陶醉在这种让他的灵魂与肉体都感到无比刺激的暗夜的燃烧之中。他竟然一时忘记了逃跑。盛大的火光,使他的面颊感到一阵一阵舒心和温烫。他的眼睛在火光中闪闪发亮。他捏紧了双拳,举在空中发颤。

"毁灭它!毁灭它!"

根鸟的心中,一如这烈火在叫唤。

青壶醒来了。他看着熊熊的大火,一时呆头呆脑。

根鸟指着正在变小的红珍珠地:"烧掉了!烧掉了!"

青壶站了起来,浑身直打哆嗦,用手将火光指给根鸟看,嘴里却像一个还未学会说话的孩子:"那儿!那儿……"

火越烧越猛,热浪冲击得剩下的红珍珠索索发抖,黑色的灰烬纷纷飞起,飘入夜空。

独眼老人出现了。他的身影在火光的映照下晃动着。他朝山坡上的忘乎所以的根鸟,不停地挥动着胳膊,意思是:快走!快点离开这儿!

根鸟竟然读不出独眼老人手势的意思,而跳起来朝老人挥动着欢呼的双臂。

青壶站在根鸟的身边,始终瞪着惊愕的眼睛。

独眼老人拼命朝山坡上爬来。他几次摔倒,但挣扎起来之后,还是一瘸一拐地朝根鸟爬来。

四周的大火快烧到中间时,火势开始减弱,而减弱了的火势无法痛快地燃烧青青的红珍珠的枝叶,火一时犹犹豫豫,止步不前,并有了要熄灭的样子。

根鸟急了,从地上抱起青壶的草席与铺盖卷,冲下坡去。他打翻了玻璃罩灯,将油浇在草席与铺盖卷上,发疯似地踏进灰烬之中,不顾脚下的余火,朝红珍珠地的中央冲去。

独眼老人终于扑了上来,一把抱住了根鸟:"快走!快走!他们来了……"

失控的根鸟,却疯狂地甩开了独眼老人:"要统统烧掉!要统统烧掉!"

独眼老人又一次扑上来,在大火的边上,又抱住了根鸟。根鸟回头来看独眼老人时,独眼老人趁势给了他一记响亮的耳光。

草席与铺盖卷从根鸟的手中落下,落到灰烬里。

独眼老人大声地叫着:"快走呀!你快走呀……"

根鸟忽然清醒过来。这时,他听到轰轰隆隆的脚步声,正洪水般涌来。

"走!"独眼老人一指黑暗,吼叫起来。

"我一定要烧掉那些剩下的!"

独眼老人说:"走吧,孩子,你别忘了,你是一个背负着天意的人!"

根鸟离开独眼老人,走向山顶。当他回头来看独眼老人时,只见他正抱着草席与铺盖卷扑向已即将熄灭的火。

长脚率领数不清的人,已经拥进了山坳。

根鸟拉住青壶冰凉的手,望着山坡:独眼老人已将草席与铺盖卷投入火中。刹那间,那火像一个躺倒了的大汉挨了一鞭子,猛地跳了起来。

火光照着长脚他们,巨大的人影就在石壁上魔幻般地晃动起来。

根鸟拉着青壶朝山那边跑去。青壶已经像一只受了惊吓的小鸟,任由根鸟拉着一路奔下山去。

根鸟隐隐约约地听到有人在声嘶力竭地叫喊:"烧死那个老东西!""烧死那个老巫师!"根鸟这才知道独眼老人是个巫师。

根鸟正拉着青壶急速地朝山下冲去时,山顶上传来了长脚深情的呼唤:"青——壶——"

青壶愣了一下,立即站住了。

"青——壶——"

青壶仿佛一条小狗忽然听到了主人的召唤,将手从根鸟的手中猛地拔出,往山顶上爬去。

"站住!"根鸟叫着。

青壶根本不理睬,依然往山顶上爬去。他山上山下爬惯了,爬得很快,转眼间就远远地离开了根鸟。

根鸟看着他小小的背影,心中怜爱万分,不顾一切地追过来。当他终于追上青壶时,山顶上已有无数的人朝山下冲来。

青壶坚决不肯跟着根鸟走。他只记得峡谷与那片红珍珠。他咬了一口根鸟的手,就在根鸟一松手时,又朝山顶上拼命跑去。

长脚他们已经发现了根鸟,铺天盖地地扑过来。

根鸟望着青壶已经回到了那些人中间,长叹了一声,转身往山下跑去。

长脚他们紧追不放,并且越追越猛。

根鸟觉得脚步声似乎就在离他丈把远的地方响着。他心中不免懊悔:难道这一回又不能逃脱了吗?他觉得他的信心正在衰竭,双腿也感到绵软。就在他两眼昏花之际,他来到了一片空阔地带。这时,一阵马的嘶鸣声响起。随着一阵风样的声音,他看到了一片朦胧的白光。这白光迅捷地向他飞移而来——他看见了与他已经分别多日的白马。

"抓住他!"长脚在后面大声咆哮,命令在前面追赶的人。

白马在根鸟面前站着,一如往昔。

根鸟抓住白马脖子上的长鬃,猛地一跃,骑上了马背。

白马又一声长啸,随即掉转头,往山下跑去,不一会儿工夫,就消失在了苍茫的夜色中⋯⋯

选自长篇小说《根鸟》

菊花娃娃

曹文轩美文朗读·珍藏版
CAOWENXUAN MEIWEN LANGDU ZHENCANGBAN

她从四面八方买回来五颜六色的花布。

在那座古老的房子里,她不分春夏秋冬,不分白天黑夜,全神贯注地为小城里的人们做着布娃娃。

常常是这样:小城已在睡梦中,她还在灯下一针一线地做她的布娃娃。

每做完一个布娃娃,她都会在布娃娃身上绣上一朵菊花。

——《菊花娃娃》

曹文轩美文朗读·珍藏
CAOWENXUAN MEIWEN LANGDU ZHENCANG

黑咒语
HEIZHOUYU

菊花娃娃

这是一座美丽的小城。城里人家都知道她，因为她会做布娃娃。那些布娃娃每一个都不一样，但都十分漂亮、活泼、可爱。

她一辈子都在做布娃娃。她从四面八方买回来五颜六色的花布。

在那座古老的房子里，她不分春夏秋冬，不分白天黑夜，全神贯注地为小城里的人们做着布娃娃。

常常是这样：小城已在睡梦中，她还在灯下一针一线地做她的布娃娃。

每做完一个布娃娃，她都会在布娃娃身上绣上一朵菊花。

因为，妈妈曾告诉她，生她时，妈妈正在菊花田里干活，没等赶回家，她就一下子在菊花田里出世了。

妈妈说，那天阳光灿烂，花香醉人。

要做许多天，才能做出一个布娃娃。在做布娃娃的那些日子里，她会整天待在那座老房子里。她先是面对着窗外的大河，在心里想象着那个即将出世的布娃娃，直到那个布娃娃神气活现地在她眼前走动起来。然后，她就开始精心选择花布。许多次，

菊花娃娃

缝完最后一针,她才发现东方的天空已经在红色的霞光里,鸟儿们已在霞光里飞翔了。

小城里的人们说:她做一个布娃娃,就像是生一个孩子。是的,那些布娃娃就是她的孩子。那些孩子,都一个一个地离开了她。每当它们离开她身边时,她便觉得房子空空的,心也空空的。

接下来的日子,她不再做布娃娃,而是离开这座房子、这座小城,到乡下去待上一阵。

可是,最终她还是回到了那座空房子,因为她心里明白,还有许多许多人在等着她的布娃娃呢。

每一个布娃娃,都去了特别需要它们去的地方——

一个男孩,总是害怕黑夜——黑夜使他无法入睡。于是,一个刚刚做好的布娃娃上路了。临行前,她将那个布娃娃抱在怀里,用手抚摸着它说:"去吧,去吧,与他相伴,让他一觉睡到太阳高高升起。"

一对双胞胎姐妹在城外大河边玩耍,妹妹失足落水,转眼间就被滚滚的流水卷走了。从此,姐姐陷入了对妹妹的思念,日日夜夜。人一天比一天瘦弱,脸色一天比一天苍白。于是,一个刚刚做好的布娃娃又要上路了。她久久地将它搂在怀里,对它说:"去吧,去吧,做她的小妹妹。"

来了一男一女两个年轻人。小伙子结结巴巴地向她说明来意:他向姑娘求婚了,姑娘有一个愿望,想得到一个特别的订婚礼物——一个布娃娃。因为小时候姑娘家很穷,根本买不起一个布娃娃,现在说什么她也要有一个布娃娃,并且只想要一个绣了菊花的布娃娃。

她望着他们笑了,然后,转过身去,从里屋将一个特别迷人的布娃娃抱了出来。她一边走向他们,一边对怀里的布娃娃说:"去吧,去吧,伴随他们一生。"他们走了。望着他们的背影缓缓离去,她在心底为他们祝福,并默默地叮嘱:好好待我的布娃娃啊!不知为什么,她的眼睛里含着薄薄的泪水。

一年又一年,一个又一个布娃娃走出了这个家门。她老了,眼花了,手总是不住地颤抖。

这天,她开始吃力地做第一百零八个布娃娃——最后一个布娃娃。做完这个布娃娃,天已拂晓,她坐在椅子上睡着了。布娃娃乖巧、安静地坐

菊花娃娃

在她腿上。她决定将最后这个布娃娃留给自己。她和它，日日夜夜，形影不离。晚上睡觉时，她和它一同睡在一个长长的枕头上。白天，她出门时，总将它放在一只大篮子里，挎着。

她的牙齿已经脱落。她含糊不清地、没完没了地与它说着话："篱笆边，蔷薇开花了。""傍晚，怕是要下雪呢。""梧桐树开始落叶了。"……

秋天，一个天高云淡的日子，一对母女来到她的屋子。那位母亲对她说："我的孩子想要一个布娃娃。"她犹豫了一下，回答道："真是对不起，我不再做布娃娃了。"

这时，小女孩一眼看到了柜子上那个布娃娃——第一百零八个布娃娃。她用手指着那个布娃娃，不住地说："妈妈，我要！妈妈，我要！……"母亲紧紧抓着孩子的手，目光也一直落在那个布娃娃的身上。

她对孩子的母亲说："真是很抱歉，那个布娃娃是我留给自己的。"女孩却挣脱了母亲的手，跑向了那个布娃娃。这时，孩子的母亲小声地、微微颤抖地对她说："也许，她再也不能见到明年春天的太阳了……"

她沉默了。

"真不好意思，打扰您了。"女孩的母亲从女孩怀里取下布娃娃，轻轻放回原处，然后硬拉着女孩的手，将她拉出了门。

她站在门口，看着她们远去。那位母亲紧紧地抓着女孩的手，头也不回地往前走着。小女孩却不时地回过头来，望着她，不住地哀求："妈妈，我要！妈妈，我要！……"她突然举起手来，叫着："请等一等……"可是，她老了，声音微弱得已经传不远了。她就用拐杖"嘀嘀笃笃"用力敲击着地面。那位母亲却依然没有听见。

这时，她看到了玻璃窗。她挥起拐杖，用尽全身力气，猛地敲打在玻璃上，"哗啦！"破碎的玻璃纷纷倾泻在地上。女孩的母亲吃了一惊，回头望去，只见她在颤颤悠悠地向她招手……

又过去一年，人们很少再看到她了。一天里，大部分时光她是躺在床上度过的。夜晚，她会久久地透过天窗看天上的月亮、星星。如果是一个晴朗的夜晚，她还会看到云彩——它们不一会儿就从天

菊花娃娃

窗外飘走了。

不远处，是条大河。流水中，她总思念着那些布娃娃——一百零八个布娃娃。她能叫出它们中任何一个的名字。

这年秋季，这座小城举办了一个布娃娃的展览会。许多人家都认为自己家的布娃娃是这个世界上最漂亮的布娃娃，把它送到了展览会上。有些布娃娃，身上的衣服都已经破旧了，但却都干干净净。它们的主人，有一些甚至已经头发花白。这些布娃娃让所有参观的人都赞叹不已。

布娃娃们很快发现，它们身上都有一朵菊花。当它们得知它们原来都是兄弟姐妹时，纷纷跑上前去，紧紧地拥抱在了一起。最后一个布娃娃告诉哥哥姐姐们："我们的妈妈已经很老了，现在，也许已经躺在了床上……"

这天深夜，它们打开了展览厅的窗子，一个接一个地从窗子里跳了出去。等最后一个布娃娃也跳出窗子后，它们便开始沿着大街，跑向它们出生的那幢老房子。它们必须在天亮之前跑到那幢老房子，跑到它们的妈妈身边。夜幕下的大街，空无一人，只有安静的路灯和被风吹得乱跑的落叶。

它们跑啊，跑啊……月光静静地照耀着城市中间一大片菊花地。它们老远就能闻到菊花的香味。穿过菊花地时，它们一人摘了一朵菊花：黄色的、红色的、白色的、紫色的……它们抓着菊花，在大街上不停地奔跑着……

早晨，她被浓郁的菊花香惊醒了。她睁眼一看，纯净的晨光里，窗台上、椅子上、柜子上、床上、地上，满屋子到处都是布娃娃，都是她的孩子们。"是你们吗？我的孩子？"她坐了起来，颤颤抖抖地朝它们伸开了双臂。

"妈妈！妈妈！……"布娃娃们叫着，纷纷扑向她的怀里……

2008年3月5日于昆山天元宾馆

飞翔的鸟窝

曹文轩美文朗读·珍藏版
CAOWENXUAN MEIWEN LANGDU ZHENCANGBAN

大河边有一片树林。

树林里，有许多鸟窝。

其中有一个很漂亮的鸟窝。

它是由花瓣、羽毛、金色的草丝和檀香树的树枝精心编织成的。

……

空中飞的真的不是鸟，而是一只鸟窝！

所有的鸟都感到很新鲜，全都飞上了天空。

各种各样的鸟，五颜六色的鸟，飞行在鸟窝周围。

——《飞翔的鸟窝》

黑咒语
HEIZHOUYU

一条大河。大河边有一片树林。树林里，有许多鸟窝。其中有一个很漂亮的鸟窝。它是由花瓣、羽毛、金色的草丝和檀香树的树枝精心编织成的。

它的主人是两只不知名的鸟。它们是母女俩。这是两只羽毛丰满，色泽鲜亮的鸟，神态高贵。

这一天，女儿独自飞了出去。可是，它却再没有飞回来。母亲站在窝边，望着天空，焦急不安地等着。

月亮很亮。天空只有一朵朵的云在无声地飘动着。

第二天一早，鸟对鸟窝说："不行，我得找它去！"说完，飞离了鸟窝，向天空飞去。母亲也没有再飞回来。鸟窝开始等待鸟们归来。一天一天过去了，却始终也没有它们母女俩的消息。等待变成了日日夜夜的思念。它冲着天空，好像在问：它们究竟在哪儿呢？

这天早晨，一只绿头鸭正在水中撩水清洗自己的羽毛，看见水中飘过了鸟窝的影子——它侧着脑袋去看天空，随即大叫起来："瞧啊！有一个鸟窝飞起来了！"绿头鸭们从水面起飞了，它们伸长了脖子:"瞧啊!有一个鸟窝飞起来了!"它们的叫声传遍了整个树林。所有的鸟都看到了正在天空中飞翔的鸟窝。

空中飞的真的不是鸟,而是一只鸟窝!所有的鸟都感到很新鲜,全都飞上了天空。各种各样的鸟,五颜六色的鸟,飞行在鸟窝周围。但飞着飞着,它们便对鸟窝失去了兴趣,一只一只地落到树上、水上或地上。

现在,天空中又只剩下了鸟窝。它遇到了一只乌鸦。"你去哪儿?""我去找它们母女俩。"乌鸦说:"你还是回去吧!""为什么?"乌鸦告诉它:"听说,它们母女俩被一伙老鹰灭杀了。"它一惊,差一点掉了下去。但它很快又飞得高高的了。它对乌鸦说:"不,它们还活着!"

鸟窝继续向前飞去。它遇到了一只白色的天鹅。"你去哪儿?""我去找它们母女俩。"天鹅说:"你还是回去吧!""为什么?"天鹅告诉它:"听说,那天有暴风雨,它们母女俩的羽毛被雨打湿了,掉在了大河里,被滚滚的大水冲走了。"鸟窝浑身颤抖了一下。那一刻,它觉得自己快要散架了。但它对天

黑咒语
HEIZHOUYU

鹅说:"不,它们还活着!"

鸟窝继续向前飞去。它遇到了一只蓝色的风筝。"你去哪儿?""我去找它们母女俩。"风筝说:"你还是回去吧!""为什么?"风筝不想说,只是说:"你还是回去吧!""为什么?""你还是回去吧!"风筝说着,飞走了。鸟窝追了过去:"为什么?"风筝告诉它:"听说,它们母女俩被人用猎枪打死了!"鸟窝听了,只是小声说:"不,不,这不可能!"转而大声说:"不,不,这不可能!"转而又小声说:"这不可能!这不可能!人类不可能伤害这么漂亮而高贵的鸟!不可能……"

鸟窝离开了风筝,继续朝前飞行着。天下雨了。鸟们都飞至茂密的树枝下躲雨去了。不知已经飞行了多少天的鸟窝,却还在天空。它在雨丝中穿行着。雨停了。但鸟窝还在不住地滴着晶莹的水珠。

两只野鸽飞过。一只对另一只说:"那个鸟窝好像在哭呢!"

它飞着,顶着火热的阳光飞着,披星戴月地飞着……这天傍晚,突然刮起飓风,鸟窝一下子失去了平衡。它拼命想稳住自己,但还是控制不住地在飓风中旋转着。即使在那一刻,它还在想着它们母女俩:你们到底在哪儿啊?更加剧烈的风,一下子将它吹散了。落了一地的羽毛、花瓣、金色的草丝和檀香树的树枝。

第二天早晨,飞来了两只美丽的鸟。它们将地上的花瓣、金色的草丝和檀香树的树枝,用嘴巴一一捡起来——它们在一棵高高的大树的树顶,又编织了一个十分好看的鸟窝。

2008年3月12日下午于蓝旗营

远山,有座雕像

曹文轩美文朗读·珍藏版
CAOWENXUAN MEIWEN LANGDU ZHENCANGBAN

已近黄昏，初夏的夕阳照耀着这个残缺不全的肉体。他的皮肤呈棕色，显得紧绷绷的，像是能敲出铁质的音响，经水一洗，像缎子在夕阳下闪闪发亮。他的肩又宽又平，像是要去用它扛什么沉重的东西。他的躯体还未发育成熟，胸脯扁平，而且很瘦，露出根根肋骨。随着他的喘息，那肋骨会一根根地上下错动。他的断臂却使他平添了几分风骨。

——《远山，有座雕像》

1

奶奶照例将枯黑僵硬的手,哆哆嗦嗦地伸进深深的口袋底,吃力地从里面抠出几枚硬币来,一枚一枚地漏到另一只干燥的掌上,然后,牢牢抓住她细细的手腕,斜起抓着硬币的手,那硬币就一枚跟着一枚、带响地滑落到她柔软的掌上。奶奶低下头,又细看了一下那些硬币,知道了确实是五分,便把她的五根长长的手指往上一扳,那些硬币便全部攥在她黑暗的掌心里了。

"闷了呀,就街上瞎溜去。那五分钱呀,别省着,见喜欢吃的,就花了。"奶奶说完,看了看她那张黄巴巴的小脸,摇了摇仿佛一摇就不大好控制住的脑袋,推起歪歪扭扭的冰棍车。那四个轱辘全都斜着摩擦地面,轴也没上油,"嘎嘎"的一路噪音。

她老想跟奶奶一起去卖冰棍,像奶奶那样,拿一方木块,用力地、"哒哒哒"地拍击着箱子,捏着嗓子喊:"冰棍,小豆冰棍!"手拍麻了,嗓子喊哑了,那样也许就不寂寞了。可奶奶死活不让。她只好一人闷在家中。桌上的花瓶、墙角上的衣架、从屋顶垂挂下的灯泡……所有一切都静悄悄的。这无边无际的静，折磨着、压迫着她。她会烦躁不安，憋出一身汗来。忽然地，她会睁大了眼，气喘起来，然后像逃避什么似的跑出门去，跑到喧嚣的大街上。她沿着大街往前走，东张西望、漫无目标，手不住地在口袋里摸索着奶奶给她的五分钱，直将纤细的小手弄得黑黑的。

天天如此。

这天，她走到城外的大河边。河边有一片绿茵茵的草地。草地上，几株身材修长的云杉恬静地站着。还有一棵老银杏。她倚在银杏树干上，好奇地朝前望着：一个年约十五六岁的独臂男孩在放风筝，他抖着线绳，往后倒着步，不一会儿，一只漂漂亮亮的风筝就悠悠地放上了天空。他慢慢地松着线绳，翘首望着他的风筝，任它朝高空飞去。一个大好的春日，空气是透明的，太阳纯净地照着大河和草地，照着那个独臂男孩。他似乎玩得很快活，用那只唯一的手牵着线绳，一会儿站着，一会儿坐在草地上，一会儿惬意地躺在草地上，嘴里悠闲地叼根草茎，眼睛痴迷地望着那只风筝,仿佛那风筝将他的灵魂带进了天际间。

他看到了她。

她看了一眼他,又去看风筝。

大概空中有一股气流流过,风筝忽闪了一下。她禁不住朝前跑去,伸出双手——她怕它跌下来。当她明白了那风筝是不会掉下来的时候,为自己刚才很傻的动作感到很害臊,就转过身去。

风筝又升高了,像要飞进云眼里。

不知过了多久,风筝在空中一下一下地朝她的头顶移动过来。随即,她听到了脚步声,掉头一看,那个独臂男孩牵着风筝正朝她走来,空袖筒一荡一荡的。他比她高很多,她要仰头望他的脸。

"想玩风筝吗?"他问。

她微缩着颈子,慌张地摇摇头,眼睛却仰望着那风筝。

"玩吧。"他走近了,把线绳送到她跟前。

她看着他,不知道是该接受还是不该接受他的邀请。

"给!"他把线绳一直送到她的手边。

她微微迟疑一下,紧张地接过线绳。

"跑!"

她跑了,风筝跟着她跑。她笑了。

独臂男孩站在葱郁的银杏树下,极快乐地望着她。

她在草地上尽兴地跑着,风筝在空中忽上忽下地转着圈儿。春光融融,一派温暖。不一会儿,她的脸上泛起红润,有点凸出的额头上,沁出了一粒粒汗珠,两片苍白的嘴唇也有了淡红的血色。阳光把草地和树木晒出味道,空气里飘着清香。阳光下的大河,闪闪烁烁,像流动着一河金子。几只水鸟贴着水面飞着,叫出一串串让人心醉的声音。

她好像有了什么想象,久久凝眸风筝。不知为什么,有两道泪水顺着她好看的鼻梁在往下流……

那个独臂男孩走过来。

她把风筝交给他:"我要回家了。"

"你家在哪儿?"

"罐儿胡同。"

"我们离得很近。我家在盆儿胡同。"他连忙收了风筝。

黑咒语
HEIZHOUYU

他和她往家走。

"你刚才哭了。"他说。

她点点头。

过了一会儿,她说:"我想爸爸妈妈了。"

"他们在哪儿?"

"人家说他们犯罪了,让他们到很远很远的地方去了。"她停住了,下意识地又去看天空的风筝,知道了它已不在天上,才把目光收回来。

路上,她告诉独臂男孩:"前天,爸爸妈妈寄来一张照片,他们站在沙漠上,四周都是沙子,一眼望不到边。"

独臂男孩问:"你在哪儿上学?"

"我不上学了。"

"为什么呢?"

"我生病了——噢,对了,你别靠着我,我是传染病。"

独臂男孩没有走开,反而更加挨近她。

他的空袖筒在她眼前一晃一晃的,她好奇地望着。

独臂男孩发现了她在注意他的空袖筒,竟没有一丝自卑的神态,却露出了几分骄傲的神态,好像那只空袖筒是一种什么荣耀的象征。

"你叫什么名字?"他问。

"流篱。"

"你呢?"

"我叫达儿。你就叫我达儿哥。"

"达儿哥,再见!"她扬着小手。

"再见,小流篱。"他竖起一只有力的胳膊。

他们走开了,一个大男孩,一个小女孩,一个去盆儿胡同,一个去罐儿胡同。

2

从此,达儿哥常来看她,并带着她出去四下里玩耍。达儿哥钓鱼,流篱就像只小猫一样蹲在他身边,用眼睛盯着水上的鹅毛管浮子。那浮子是染了红色的,在碧绿的水面上,一跳一跳的,像个小精灵。钓了鱼,达儿哥用根草蔓一穿:"给你带回家,让你奶奶煮汤给你喝,你有病。"这是一座小城,走不多远,就是乡村。星期天,达儿哥肯费一天时间,带着流篱去田野。云雀在云眼里清脆地叫着。空中飘着游丝,辽阔、湿润的田野上,五颜六色的花朵在草丛里开放。达儿哥说:"田野上的空气对治你的病有好处。"于是,流篱就张大嘴巴,猛劲地吸着带着泥土气息并和各种草木香气混合在一起的空气。

不久,流篱就知道了那只空袖筒的由来——

东城边上有座高高的古城墙,城墙筑在河滩上,除了驾小船,就谁也到不了那个河滩。当时才十岁的达儿哥听见一群孩子打赌:"谁能翻过去,我们大家都在地上爬三圈。"一个比一个把胸脯儿拍得响,可一个比一个地更能耍滑头,一个比一个快地找借口跑了。达儿哥朝他们的背影蔑视地耸耸鼻子,转身望望那堵城墙。第二天,他拿了根长长的绳子来了。绳头上拴了个铁钩儿。他往上使劲抛了十几次,那钩儿才终于在城墙头上钩住。他猴儿一样爬上了墙头,朝下一望,不禁打一个寒噤:这么高!他用手紧紧抓住墙头,猫在那儿半天不敢动。过了好久,他才又壮起胆子,把钩插进两块石块的缝隙里,往城墙那边滑去。就在他快要落到河滩上时,钩子将那块大石块钩翻了,他跌趴在地上,没等他明白过来是怎么回事,大石块就砸在了他的胳膊上……河上吹来的凉风将他吹醒,他觉得左胳膊不在了,一歪脑袋,只见鲜血染红了河滩上一片绿草。他喘息着,朝城墙爬去,用肩倚着城墙艰难地站立起来,从口袋里掏出早准备好的刀子,咬着牙,在城墙上一笔一画,刻着自己的名字。胳膊上滴着血,冷汗珠纷纷地落在城墙下的草丛里。刻完最后一画,他重重地摔倒在河滩上。不知过了多久,河上驶过一只船,船上的人发现了他,将他救起送到医院。医生说:粉碎性骨折,耽搁的时间又长,只有截肢。

当他空着一只袖筒上学时,全体孩子将他团团围住,都用一种敬畏崇拜的眼光注视着他。

于是,达儿哥就成了流篱的英雄。

一连好几天,达儿哥都没来看她了。"他哪儿去了呢?"她长时间地站在门口,往胡同口眺望着。正急着,达儿哥来了。他说:"要举行篮球赛了,我天天得练球,没有空来看你。"

流篱摇摇头:"你也能打篮球?"她惊疑地望着那只空袖筒。

达儿哥很自傲地一笑:"我是中锋!走,到河边玩去。"

临分手时,达儿哥问:"你想看我打球吗?明天就比赛了。"

流篱当然愿意。

第二天,达儿哥真的把流篱带进了比赛场。

比赛开始了。流篱谁也不看,就光盯着达儿哥。达儿哥满场飞跑,球到了哪儿,哪儿就有他。他高高跳起来时,长长的独臂几乎要碰到篮圈了。他弯腰拍着球,那球像是有了他的灵魂似的,谁也抢不去。传球时,他能像风筝似的在空中停很长时间,目光向左,球却向右射去,等对方明白了他的心机,球早落在了同伴的手里。球又传回来了,他在篮下一横身子躲过一个对方的球员,弹起来,长胳膊一勾,手腕一弯,那球画了个弧,就听见"唰"的一声,四边不靠,空空地穿过篮圈。不一会儿工夫,比分就拉开了。对方急眼了,派出两个满脸蛮气的高大队员,一前一后地夹着他。达儿哥被钳制住了。对方很快就把比分追了上来。只剩最后五分钟时,对方竟然超过了达儿哥他们。有那么十几秒钟,达儿哥站在那里纹丝不动。他的眼睛紧紧地盯着那只

远山，有座雕像

飞来飞去的球，发亮的牙齿咬啮着干燥的嘴唇，狠狠地攥着汗淋淋的一个拳头。突然，他大叫一声，直射球场中心，一个飞跃，手在空中一招，截住对方的一个球，随即，旋风般地扑向球篮，没等对方反应过来，球"唰"地入网了。

流篱禁不住在地上连连跳起来。一个劲地欢叫。

对方把达儿哥盯得更紧了，达儿哥敌视地看了他们一眼，左奔右突地甩避着他们。还剩最后两分钟时，又扳成了平局。

球场上的空气紧张得叫人喘不过气来。

达儿哥满脸汗光闪闪，背心整个被汗水黏附在身上。两个对方队员一前一后，紧紧地挨着他，贴着他的胸脯和后脊梁。他一晃动，摆脱了两个对方队员，伙伴见他朝篮下冲去，把球传给他，正当他要起跳投篮时，一个对方队员像头野牛一样冲过来，存心一头撞在他的胸脯上，将他"嗵"地撞倒在几米远以外的地上。那个队员被罚下场了，但达儿哥挣扎了几下也没有从水泥地上爬起来，被人架起来走出球场。他痛苦地咬着牙，一边往外走，一边不时地回头看一眼球场。

流篱钻过人群,来到达儿哥面前。

正被人按摩着的达儿哥摇摇头,喘息着,尽力朝她轻松一笑。

当还剩最后一分钟、达儿哥见着自己一方马上就要输掉时,他站了起来,要求再次上场,被应允了。他微跛着腿一跳一跳地进入球场,流篱朝他摇着手,他也朝流篱摇着手。

几乎是随着一声锣响,达儿哥的最后一球应声入网。他几乎是在中线弧上,用他那只唯一的带伤的胳膊将球投进的。他身体微微后倾,双腿直直地垂着,整个形象宛如腾到空中的一股袅袅轻烟。流篱一辈子也忘不了这个飘在空中的形象。

达儿哥得到嘉奖:一套蓝色的运动衣。

他捧着它,找到了流篱,一起往家走。

路过大河边时,达儿哥忽然停住了:"我下河洗个澡,把这套运动衣穿上吧?"说完,他脱掉长裤和上衣,扔在草地上,朝大河跑去。

流篱抱着达儿哥的衣服追过去。

达儿哥跳起,像画了弧的球一样,在空中一闪,扎进大河,溅起一团雪白的浪花。他用独臂游到对

远山，有座雕像

岸，喊了声"小流篱"，又游过来，身后留下的那条长长的白练，像是一条彗星的尾巴。

他甩了一甩头发上的水珠，走上岸来。

已近黄昏，初夏的夕阳照耀着这个残缺不全的肉体。他的皮肤呈棕色，显得紧绷绷的，像是能敲出铁质的音响，经水一洗，像缎子在夕阳下闪闪发亮。他的肩又宽又平，像是要去用它扛什么沉重的东西。他的躯体还未发育成熟，胸脯扁平，而且很瘦，露出根根肋骨。随着他的喘息，那肋骨会一根根地上下错动。他的断臂却使他平添了几分风骨。

流篱忽然叫起来："达儿哥，你看！"她用手指着远方的一座大山。

"山！"

"你看山顶上那块石头！"

此时，夕阳正落在远山顶上那块突兀出来的石头后面，使石头成为一个边缘清晰的黑色剪影：它宛如一尊人的雕像。更妙不可言的是，那还是一个独臂人。

"达儿哥，像你！"流篱为这个发现而高兴得在河边草地上又蹦又跳。

达儿哥向山望去,然后笑了:"像,像一块石头。"他说,"别看那石头了,看我穿上它好看吗?"

流篱掉过头来:"好看。"

"回家啦。"他舒展地挥了挥胳膊说。

流篱点点头。

走了几步,达儿哥又停住了,脱掉那套新衣,小心翼翼地折好,重又装到塑料袋里:"以后有比赛,我再穿。"说完,又穿上那套打了补丁的、已显得短小的衣服。

流篱知道,他的父亲在他还没有记事时就已经去世了,他和妈妈两人过日子,家里很穷。

3

有半个月时间,流篱没见到达儿哥了。达儿哥在埋头温课,准备考大学,没空儿了。

流篱懂道理,不怪达儿哥不来看她。她一天一天地,耐心地等待着,达儿哥说好了,过一个月就来看她。

可是,不足一个月,达儿哥就来了。他瘦了,眼窝黑黑的,头发枯焦,嘴唇爆着皮,走路轻飘飘的。见了流篱,他干涩地一笑。他坐在凳子上,用手托着瘦尖了的下颌。

流篱呆呆地看着他。

过了一会儿,他说:"我怕考不了大学了。"

"为什么呀?"

"妈妈生病住院了,而我参加高考复习班,要交不少钱呢,我也不好意思再向家里伸手要钱了。"

流篱朝自己的小屋跑去,不一会儿,抓着一个沉甸甸的小布包包出来了,放在桌上打开,只见是一小堆硬币。那是她把奶奶每天给的五分钱省下,积攒起来的。流篱好像早知道有一天,它们是能够帮助达儿哥的。

达儿哥直摇头:"那不行!"说完朝门外走去。

流篱抓起布包,抢先跑到门口拦住达儿哥,仰起脸,双手捧着这堆白花花的硬币:"达儿哥,收下吧!"

达儿哥望着她,不知道该怎么办了。

"收下吧,收下吧……"她的口气里含着少许哀求。

达儿哥伸出手去,把这些钱接过去。

临走前,达儿哥说:"小流篱,过一个月再来看你。"

流篱乖巧地点点头。

真是过了一个月,达儿哥来了,说:"明天就上考场了,今天不再复习了,轻松轻松。"

奶奶回来了,她决定要好好招待一下这个"小伙子"。因为,是他,给她的孙女儿带来了欢乐和笑脸,是他让她的孙女儿几乎快要养好病了:"别走,今天吃汤圆,奶奶的汤圆做得可好了。"

达儿哥朝奶奶笑笑。

奶奶煮好汤圆,盛上。三个人围小桌而坐,欢欢喜喜地吃着。吃到中间,达儿哥忽然停住了,把那枚长柄的汤匙放在了桌子上。

奶奶和流篱都奇怪地看着他。

他望着勺:"我不知道我能不能考上,我现在来转动这把勺,如果勺柄冲我,我就能考上。"他垂下一根手指去。

屋里一片寂静。

流篱的心突突地跳动着。

勺转动了,飞快,转成一个银色的圈。后来,逐渐慢了下来,长长的勺柄在悠悠移动着。

流篱的眼睛紧紧盯着勺柄,在心里不住地说着:

冲达儿哥吧，冲达儿哥吧，求求你了，求求你了……

勺柄冲着达儿哥了，可是又慢慢移开了。

流篙立即闭上眼睛。

"啊，我能考上！"达儿哥忽然大叫起来。

流篙睁开眼睛：那把勺，像夜空下的北斗星一样，亮闪闪的勺柄笔直地指着达儿哥。

奶奶欢喜得眼里流出了眼泪。

公布成绩了：达儿哥成绩极棒。填志愿了，达儿哥当然要填名牌大学：他达儿哥有这个权利。

一连几天时间，达儿哥净带着流篙四处野去：河边、田野、大街……。他也常常在玩耍中忽然安静下来，或倚着大树，或坐在河边，仰望着白云悠悠的天空，眼睛里满是憧憬。

"达儿哥要上大学了。"流篙整天笑眯眯的，仿佛要上大学的不是达儿哥，而是她。

入学通知书开始不断地来到那些幸运者的手上。可是达儿哥的还没来。眼看他的伙伴们都要上路了，他也没有接到通知书。他终于沉不住气了，带着流篙跑到招生办公室去打听。消息如一枚炸弹扔在了达儿哥头上：体检不合格。

达儿哥僵住了,站在那里半天没动。

流篱望着达儿哥,忽然抱着达儿哥的那只独臂,"哇"的一声大哭起来。

达儿哥的目光显得有点呆滞。

流篱哭得招生办公室的那帮阿姨的眼睛也都朦朦胧胧的。

达儿哥忽然使劲甩了甩脑袋,像是要抖落掉什么。他勉强一笑,拉着流篱,离开了……

4

达儿哥大病了一场。

流篱跟着达儿哥也瘦了一圈。

这天,他看望流篱来了。

"奶奶,我正在找工作。我可以带着流篱玩很多天呢。"达儿哥说。

奶奶用手摸摸他的独臂,含着泪笑笑。

夏天到了,达儿哥还没有找到工作。他心里有点发闷,带着流篱又往城外田野上跑。夏日的田野,披青绽绿,四野苍翠。一棵棵高大的柿子树,像一把把巨伞,撑在田野上。一股泉水从远处黑漆漆的松林里流出,在阳光下发亮。远山,鸟幽幽地鸣啭,显出了山谷的静谧。夏天的浮云,像一堆堆晶莹的白雪,在天边缓缓地飘移。

一直待到黄昏,当玫瑰一样的流霞洒落乡野时,他才和流篱往城里走。

河滩上,流篱停住了,在看什么。达儿哥顺着她的目光望去,只见草地上站着一个跟流篱差不多大的小姑娘,她穿着一件乳白色的连衣裙,跑起来时,那连衣裙就飞张开来,她跑远了,但过了一会儿又跑了回来,转了一个旋儿,缓缓坐在了草地上。

裙子,裙子,白裙子!

达儿哥从流篱的眼睛里听到了这种欢呼。

流篱已十三岁了。

流篱闭了一下眼睛,关掉了一个梦,一个幻想,转过身去,飞跑起来。

第二天,达儿哥来了,手掌上是一叠钱:"给你买裙子。"

淡淡的眉毛弯下了,流篱的眼睛里满是疑惑。

"我卖了那套运动衣。走,给你买裙子。"

流篱跟着他。

"你进去买吧,我在外面等你。"达儿哥站在商店门口。他是个小伙子,站在卖裙子的柜台前,他会发窘的。

没过一会儿,流篱出来了。没有买到裙子,却哭着。

"怎么了?"

流篱手一指:"那两个卖裙子的骂我……"

"骂你?"

"骂我'小倭瓜'……"她屈辱地哭着。

欺负流篱?谁也不能欺负流篱!他一把拉住流篱的胳膊,走进商店,问:"是哪两个?"

流篱用手指了指在柜台里站着的两个男的。

"你出去等我!"

流篱不走。

"出去!"他指着门外。

流篱战战兢兢地往外走,走几步回头望一眼。

达儿哥用目光催她快点走。

流篱只好走出商店,在外面等他。可是左等右等,也不见达儿哥出来。她跑进商店,不见达儿哥,也不见那两个男的。她急了，大声叫起来："达儿哥！达儿哥！"她慌慌张张地从商店里面叫到外面，又从外面叫到里面，再叫到外面，团团乱转。

达儿哥被那两个男的揪到了仓库里。

商店关门了。

流篱蹲在树下"呜呜"地哭："达儿哥……达儿哥……"

"流篱！"达儿哥忽然在她背后叫起来。

她跳起来，只见达儿哥站在她面前。他的衣服被撕烂了，鼻孔下挂着两道血痕，那只唯一的手上，也是血斑。

"我把他们打出了血！"

流篱直哭。

晚风从远处峡谷口吹来，沿着大街一个劲地吹着。达儿哥拉着流篱的手，在温柔的灯泡下往家走……

5

都半年过去了，达儿哥也没找到工作。

黑咒语
HEIZHOUYU

他一人独自在郊外的田野上不吃不喝地躺了一天，想了一天，最后决定离开家、离开这座城市，上了一位朋友的父亲经营的运输船，开始了四处漂泊的生活。

达儿哥临走前，对流篱肯定地说："等着，你爸爸妈妈很快就要回来的。"

果真像达儿哥预言的那样，他离开后没两个月，爸爸妈妈就从沙漠上回来了。从此，流篱过上了富足、温暖的生活。而这时，她就越发思念漂泊在河上的达儿哥。吃饭了，她想：达儿哥吃饭了吗？睡觉了，她想：达儿哥睡觉了吗？达儿哥，你到了哪儿啦？累吗？冷吗？……

流篱的眼睛里总藏着一份思念。

第二年的冬天，达儿哥终于回来了：他的妈妈去世了。

只一年，达儿哥大变，让流篱几乎认不出他来了，直盯着他看了半天。达儿哥瘦得骨棱棱的，颧骨、肩胛、下巴颏，都执拗地凸出来，皮肤很粗糙，嘴显得很大，嘴唇上长出了黑黑的很短的胡子。他甚至连声音都变了，变得有点沙哑。他身上依然穿着出去时穿的那套衣服,风吹、日晒、汗的腐蚀,使衣服几乎蚀成白色。

他朝流篱笑笑,带着一丝伤感。

妈妈在城外荒郊下葬了。妈妈就他一个亲人。他坐在妈妈的墓前,一连三天,每天从早上一直坐到月亮消失在西方的峡谷里。

流篱离他不远,也默默地坐着。她的奶奶在爸爸妈妈回到城市后不久也去世了。她知道亲人离开世界时,活着的人是什么样的心情。

第三天的最后几小时,达儿哥是动也不动地站在妈妈的墓前的。时间太久,他的双腿麻木了,重重地栽倒在地上。流篱跑过来,把他扶起来。星空笼罩着冬天寂寥的原野,世界一片混沌,远方起伏不平的山峦,像在夜幕下奔突飞驰的骏马,显出一派苍凉的气势。

回城的路上,流篱对达儿哥说:"别走了,达儿哥。"

达儿哥摇摇头。

奶奶临死前对流篱的爸爸妈妈说的最后一句话是:"以后把达儿接到我们家里。"流篱的爸爸妈妈已劝过达儿哥好几次,让达儿哥住到他们家里去,达儿哥却总是不肯。

又过了三天,天空下起大雪来。流篱照常去找达儿哥,可一进门,她愣住了:屋里换了陌生人。

陌生人见了她,问:"你叫流篱?"

她点点头:"我达儿哥呢?"

"他把房子卖了,今天天不亮就走了。"他从口袋里掏出一封信,并拿过一个包装精美的盒子:"一封信,一条裙子,他让我交给你。"

流篱的眼睛里立即就蒙上了泪幕。

达儿哥的信——

小流篱:

你达儿哥走了,到什么地方去呢?不清楚。我首先要买一条船,我该有一条属于我自己的船。我要赚很多很多钱,然后我回来,什么事也不干,在家里专门写小说,我想做一个作家。也许能做成,也许做不成,但我一心想做。

那次跑了那么多商店,也没能为你买到你喜欢的那种白裙子。现在终于买到了。夏天来时,你就穿上它。我想,你要比那个小姑娘美得多。

你达儿哥的命运似乎很不好,他总是失败,还很惨,可你达儿哥不在乎。

为我祝福吧!

祝你

一帆风顺!

达儿哥

雪很大,路是白的,房屋是白的,树是白的,整个世界一片白。她慢慢地走,不一会儿也变成了白的。

春送走了冬,夏又绿了春,秋刚把夏染成金色,白色的冬天又来了……一日一日,一月一月,一年一年,流篱已长到十六岁,出落成一个袅袅婷婷的少女,达儿哥却没有回来。有时,她会突然地想起他,就不知不觉地走到了河边草滩上。她静静地向远山眺望,会看到那座雕像依然不可动摇地坐落在峰巅之上,翘首凝望着云霞飘流的天空……

1986年5月于北京大学21楼106室

野风车

曹文轩美文朗读·珍藏版
CAOWENXUAN MEIWEN LANGDU ZHENCANGBAN

风车很卖力，日夜不停地给那三十亩地车着水。它显得温顺、憨厚和勤劳，叫人心里喜欢。

秧苗很乖，喝着水，就像孩子喝着娘的奶，一天一天地变出好颜色。

日子一天一天地重复着，重复得让人充满希望。但就在秧苗灌浆的节骨眼上，风车却一天比一天转得慢了，后来干脆完全停顿下来——风没了。

——《野风车》

1

二疤眼子和父亲坐在地头,似乎什么念头也没有,木然地朝巨大的风车仰望着,风车耸立在空阔广漠的天空下……

二疤眼子的左眼上方有块淡紫色的疤,是八岁那年他爬树时摔下来被地上的瓦片划破后落下的,虽没有伤着眼珠,但视力还是受到了影响,眼的形状也与右眼不太一样。他在看风车时,仰着的脸是扭着的。

一片旷野,没有树林,没有村庄,没有行人,只有这一架孤独傲慢的风车。

现在,这架风车的主人是二疤眼子和他的父亲。

它承担着三十亩地的灌溉重任。它架设在一片与任何河流都不相通的水泊边。正是抽水机船进不来的缘故,这架风车才有理由直到今天还存在着。

风车是木结构的,木头经长久风化后,裂开一道道口子。八叶蒲篷,每叶皆如海船上的大帆。比起后来铁的、有齿轮的"洋风车",它实在庞大多了,也威武多了。

"为什么叫它野风车?"二疤眼子问。

父亲说:"旷野上,没遮拦,大风来了像野马,弄得风车疯转。这种车就叫野风车。"

二疤眼子觉得自己挺喜欢这架风车的,虽然同时感到一丝惧惮。

"一般车只四根铁缆拽着,你看这架车,六根缆。"父亲说。

二疤眼子一根一根地数着。

"你没见过这种车疯转起来的样子,怕人着呢,都说是鬼推车,得多两根缆牵拽着。"

二疤眼子有点兴奋,捡了根木棒,敲了敲铁缆。金属的声音便传上车顶,又传到其他五根铁缆上,在旷野上鸣响起来,如同一曲荒古的乐章。

父亲说:"就在风车旁搭个窝棚,你和我得看车。"

二疤眼子看着高大的风车,又看了看那一大片地,心里很高兴。

2

  这架风车好几个年头没有人管它了。它很像一个垂暮的老人。如果哪一天突然来了一阵狂风,它也许就会永远趴下了。父亲花了半个月拾掇它,才使它又显出有生命的样子。

  扯篷的仪式很庄重,很认真。小桌上,放着猪头等供品。几炷香,在袅袅地飘动着淡蓝的烟线。风车的竖轴上贴着一副对联:八大将军,四面威风。

  父亲和母亲都跪在地上,合掌虔诚地凝望着风车。

  在他们身后,站着很多人,一个个皆在脸上露出一派神圣的和微微有点恐惧的神情。人们似乎感到有一个无形的巨大的灵魂在风车的背后飘动着。父亲的眼睛里甚至闪动着乞求。二疤眼子站在父亲背后,被一种神秘的气氛弄得有点惶惑。他望着风车,突然觉得那风车原来是活的,有生命的。当鞭炮"噼噼啪啪"地响起来时,二疤眼子按照父亲预先教导的那样,在地上"嘭嘭嘭"地磕了三个响头,甩掉衣服，露出精瘦的身子，走到风车下，埋下屁股，把一叶篷扯了上去。二疤眼子从未有过这种宁静、神圣的感觉。他觉得自己好像离开了人间，在天堂里做着一件很重要的事情，一下、两下……空中，滑轮在"咯嗒咯嗒"地发着清脆的声音，除了这干净的声音之外，四周一片岑寂。

八面篷都被二疤眼子扯了起来。

二疤眼子疲乏极了，瘫坐在地上。

父亲提起斧头，一下砍断了套住风车的绳索，它便"呼噜呼噜"地转动起来，篷一叶一叶地从人们面前闪过，像荒僻的古战场上一面一面向前呼啸而去的大旗。人们被笼罩在大篷的阴影里，显得都很渺小。

风车有声有色地转动着。那暗藏的生命力，此时，生动地流露在"呼噜呼噜"的旋转中和"哗啦哗啦"的流水中。

风车的迷人，太出乎二疤眼子的想象了，这孩子用两只细长的胳膊支撑起身体，惊讶地望着它。它有一股威慑人灵魂的魔力。它让人心惊肉跳。二疤眼子忽然感到天旋地转，便闭上了眼睛。这时，他就只能听见风与篷摩擦碰撞的"嘭嘭"声。这"嘭嘭"声很能打动人心。

等他睁开眼睛时,人们都已离去,只剩下父亲一人静静地坐在窝棚门口,抽着烟锅。父亲显然在回忆什么……

3

那年的春天,二疤眼子将会一辈子铭记在心——

那天,二疤眼子坐在河堤上的大树下,出神地看着山羊吃草。羊一边吃,一边很快活地甩着短短的尾巴,并不时地摇摇耳朵,发出"吧嗒吧嗒"的声音。羊很幸福,因为羊有无限的绿草。二疤眼子很羡慕那只羊。他很喜欢羊吃草的样子。有时他心里会有一丝悲哀。

父亲不知什么时候坐到了他身旁。

"河上有只粮船。"父亲似乎很不在意地说道。

二疤眼子却像听到一个惊人的消息,迅捷地用眼睛向河上找去。

粮船！

确实是粮船。

二疤眼子一阵冲动，心慌慌乱跳。

父亲这时慢条斯理地开始讲他小时候的故事——偷粮食的故事："也有你这么大……河上来了只粮船……竹签子插入粮袋……"

二疤眼子觉得这是父亲给他讲的成千上万个故事中最精彩最激动人心的一个。

故事讲完了，父子俩都不瞅河上，而朝两个不同方向呆呆地望，仿佛此刻他们什么也不想。

"我一个猛子可以扎到那只粮船边。"二疤眼子的口气力图使父亲同时也使自己觉得，他只不过是在说他一个猛子的距离，并无他意。

"能？"

"能。"

又一阵沉默。

"你不饿？"父亲这话问得好没有意思。

二疤眼子咽了咽唾沫。他的肚子饿得正泛酸水。春天，青黄不接，家里的米瓮里已空了几天了。这几天，全家人就靠借人家的粮食，一天三顿只能喝稀粥。他家人口多,又没有家底,日子过得很窘迫。

"真不饿?"父亲用他的眼睛牵引着二疤眼子的眼睛朝河上粮船看去。

再一次沉默。

这种沉默很沉重,维持着这种沉默很让人尴尬。

二疤眼子终于憋不住了:"我偷粮去!"

父亲毫不吃惊,很平静地说:"押粮船的人在后舱里午睡呢。"

二疤眼子瞅瞅四周,扒了上衣扔给父亲,又脱下裤子,随手从树上扯一根藤蔓,将两个裤管一扎。抓着这只"口袋",二疤眼子望着父亲,目光很严肃,显得事情很重大。

"河水凉呢。"父亲说。

"不怕。"

"河水凉呢。"父亲重复着,透出一股犹豫。

"我去了。"二疤眼子像只小狐狸,在树丛里机灵地钻着。

父亲坐在树下,看着儿子一闪一闪的黄灿灿的身子,在嘴里自语着:"河水凉呢。"

二疤眼子已到了河边,露出脑袋来看着父亲。

父亲站起来,紧张地望着儿子。

二疤眼子下水了。这孩子手脚轻得像蚂蚁,没有一点声响。

父亲很有点佩服儿子。

二疤眼子一个猛子,很准确地扎到了粮船边,然后像只弯腰曲背的虫子,三下两下爬上了粮船。他把后背贴在山一样高的粮袋上稳定了很久。没有竹签子,他就用尖利的牙齿撕咬开粮袋。那米,便像一股银色的细泉流了出来。他赶紧把"口袋"迎上去。这一切,他干得很漂亮。二疤眼子在紧张中甚至有一种自豪感。

岸上的父亲却像度过了几年。

"口袋"满了。因为是用裤子扎成的,所以样子很奇怪。

一个押粮船的大块头出来撒尿,二疤眼子吓得立即趴在粮袋上,动也不动,都不敢用眼睛看。那人尿很粗,弄得河水"哗啦哗啦"响。后来,声音渐渐小了,再后来,几乎就没声音了,可是又"哗啦"了一声,仿佛一个人倒水壶,决心要把水壶倒干净。这声音的持续、间隔、再响起,使二疤眼子一阵阵哆嗦。二疤眼子从未偷过人家一件东西。声音终于彻底结束了。二疤眼子不知等了多久，终于大胆地抬起头，睁开眼……

一只大手恰在这时一把揪住了他的头发。

二疤眼子挣扎着，可是那只大手却像长在了他的头上，疼得他叫喊起来，从后舱里爬出四个汉子来。

"这小杂种，敢大白天偷粮！"大块头说。

"把他扣起来！"

"扣起来！"

二疤眼子就真的被他们扣了起来，他赤条条地被他们围观着，有个小矮子很坏，用一根小树枝挑起二疤眼子的小鸡鸡，其他几个就哈哈乐。二疤眼子闭着眼睛忍着，那小矮子越发地坏，很快活地用小树枝轻轻敲着它。二疤眼子突然往小矮子脸上啐了一口唾沫。小矮子火了，挥起树枝往二疤眼子脸上猛抽了一下，二疤眼子的脸上便立即暴起一道棱。

父亲从河堤上冲下来："你们放了他！是我让他偷粮的！"

"还有一个老强盗！"

船靠了岸,放了二疤眼子,却又绑了二疤眼子的父亲,并且发动机器开船了。

"放了我爸!"二疤眼子在岸边追喊。

那些家伙不理。

二疤眼子穷追不舍,跌倒了爬起来。

二疤眼子只好跪在岸上求他们。

他们放了父亲,但却剥了父亲的衣服,说是换鱼吃。

船往前远去了。

父子俩屈辱地站在春天的夕阳里……

4

风车带着父子俩的仇恨和希望,优美地旋转着。

秧苗绿汪汪的一片,给了父子俩无数好梦和幻想。

修理后的六根铁缆,皆绷得紧紧的。二疤眼子快乐的时候,最爱做的一件事就是用木棍去敲击它们。不同的部位会敲出不同的声音。二疤眼子像一位乐师,能敲击出变化多端的节奏来。这根长弦,世界上绝无仅有。那声音在长弦上走动着,颤颤的,浑浑的,很富有感染力。有时,二疤眼子简直忙得要死。他敲响一根,再敲响一根,直至敲响第六根。当六根弦都在鸣响时,共鸣声达到了震撼人灵魂的地步。二疤眼子猴儿猴儿地跑动着,用那神奇如魔杖的小木棍,将它们点化成一部巨大的乐器。二疤眼子全神贯注、陶醉欲仙地做着这一切,在他的心里,他已创作出至少十部曲子。有威武雄壮的,有轻松活泼的,从四面八方招来了许多孩子。他们围成一圈傻乎乎地看着。这时的二疤眼子便完全失去自己了。他满头大汗地在六根长弦之间跳动奔跑着。在这不停运动的过程中,他不时地向小观众们摆出一个个架势来。那些架势既自然又有风度。二疤眼子不知道他算不算是一个乐师,但他沉浸于其中的氛围,却绝对是音乐的氛围。最感人的莫过于当六根长弦一起把声音传向顶端的时刻。六股声音汇合了,和谐地融合在一起,像一股青烟朝云彩飘去。

可是,仅仅才过去一个月,悲剧就发生了——

这天,天气显得很晴朗,田野显得很平静。谁也不会想到会发生什么。走路的走路,干活的干活,玩耍的玩耍，一切都很正常。就在中午，刚才还是一个艳阳高照的天气，却骤然间刮起了大风。

大风旋转风车，弄得铁缆"当当"响。眼看风车就要像撅橛子一样被撅断，父亲冲出窝棚，欲将车篷落下，但风车旋转得实在太快，父亲眼一花，被后面飞速而来的如碗粗的一根缆杆打倒在地。等有人赶到将车篷通统放下、再将他从地上扶起时，他已经站不起来了——他的腰被打坏了！

妈妈号啕着。

人们将父亲送到了医院……

父亲出院后，已只能拄着两根拐杖勉强行走了。他老了许多，因为身体不能直立，身体就好像萎缩了一截。他让人扶着，挣扎到风车下。望着风车，他不禁老泪纵横。随之，那过去一直在眼中燃烧着的复仇的光芒也黯淡了下去。

父亲让二疤眼子捆好铺盖卷，说："回去吧。"

"为什么？"二疤眼子哭着问。

"管风车得是个大男人。敢管这种风车的人，除了你爸，也就没有别人了。"

二疤眼子扛着铺盖卷，呆头呆脑地往家走。

第二天早上,父亲拄着拐杖走出门口,偶尔抬头朝田野上望时,有点奇怪了:"那风车怎么在转呀,是谁扯的篷?"

母亲说:"是二疤眼子。五更天,他把铺盖卷又背回去了。他说,你往后只管坐在窝棚门口教他管车就行了。"

风车在转,很均匀,很优雅,很有生气……

5

风车很卖力,日夜不停地给那三十亩地车着水。它显得温顺、憨厚和勤劳,叫人心里喜欢。

秧苗很乖,喝着水,就像孩子喝着娘的奶,一天一天地变出好颜色。

日子一天一天地重复着,重复得让人充满希望。但就在秧苗灌浆的节骨眼上,风车却一天比一天转得慢了,后来干脆完全停顿下来——风没了。

风是风车的命。

没有风等于要了风车的命。

赤日炎炎,地里的水只两天就被耗干了。

等风

　　二疤眼子急得埋下屁股去推那风车。它像一具死亡了的巨兽的骨架被锈住了一样,根本推不动。

　　父亲坐在窝棚门口,望着那片蓝得让人发毛的天。他就这么望,不动,像块石头。

　　地开始干裂了。

　　二疤眼子操起一根树枝,狠狠地抽着风车,抽得咬牙切齿。

　　风在哪儿呢?

　　河边的芦苇一根根地僵直着。湖水无一丝波纹,平得像结了冰。偶尔有一片树叶掉下,飘也不飘,直线坠落在地上。一切都像被凝固住了。天空特别地光,一连几日,连抹布大一块云都不曾飘过。天空中的鸟失去了风力,飞得沉重、滞涩,好像是贴在天空上了。远处牛的"哞哞"声,似乎传播得很困难,不像是在空气中传播,倒像是在粘稠的浆糊中传播。

　　又等了一天的风,毫无希望。

　　二疤眼子躺在车下昏沉沉地睡去。噩梦让他感到压抑、窒息:那三十亩地的秧苗,一根根地从地里挣出来,像饥饿的人群,呼叫着,杀气腾腾,在天空下黑鸦鸦地朝他压过来。它们见到那口湖,"呼啦啦"扑过去,眨眼工夫,湖水便被喝干了。它们就在湖边莫名其妙地跳,最后又朝他压过来……

他睁开眼,四周静得要死。

父亲的烟锅,像一只熬红了的眼睛。

地里可以走人了。秧苗一分钟一分钟地枯黄着。

父子俩不吃不喝地守着地,守着车。母亲望着盛饭的瓦罐,神情发木。

二疤眼子从四面八方捡来许多砖块瓦片,像准备决战的士兵在准备弹药。

父亲和母亲看着。他们一点也不明白儿子的古怪行为。

二疤眼子坐下又等了好一会儿,终于憋不住跳了起来,"吭哧吭哧",用砖块瓦片朝天空连连砸去。

他砸,父亲无动于衷,可后来被他一句"我砸你狗日的眼睛"逗得大笑起来:"傻……傻东西……天还有眼睛……"

母亲笑着哭。

二疤眼子也笑了,忘了风,忘了旱。

傍晚,父亲朝空气中伸着手,很兴奋地说:

等风

"有点凉气。"

二疤眼子的后脑勺也微微察觉到了。

"说不定今夜会来风呢。"父亲说,"是你砸的。"

吃了晚饭,他们就很耐心地等风。

他们聚精会神地听着,把感觉调动到最敏锐最细微的程度去寻觅,去捕捉。

旷野的夜,分外宁静。一丝头发粗细的声音,也能听得很真切。

他们没有一丝倦意,有的是几分渴盼,几分紧张,几分希望,还有几分神圣之感。

过了午夜,天地间慢慢地加深了凉意。

看来风正在路上。

二疤眼子闭上了眼睛,这样,人的听觉和触觉就会变得更加敏锐和清晰。

五更天,风似乎来了。它走得很轻。这风是那么娇贵,那么温柔,那么安静,它像一个穿着白色长裙的女孩儿,从草地上,从树林里,从水边,从田埂上走过。二疤眼子觉得痒酥酥的,仿佛那长裙从他脊梁上摩挲而过。风带来远处淡雅的草味儿和露珠的湿润气息,让人感到惬意。

柔软的风，像两支娇嫩无力的胳膊，没有能够推动风车。

这女孩儿就这样在田野上走着。走着走着，它变成了一个调皮淘气的小男孩。它蹦蹦跳跳，一会儿把秧苗弄得"沙沙"响，一会儿又把水边的芦苇摇得"哗哗"响。它来到风车下，好奇地望了一会儿风车，便爬上爬下大胆地玩耍开。风车好像被它弄醒了，抖了抖篷，"吱呀吱呀"地转起来。

"风，风，……"

父子俩在心中深情地自语。

风给焦灼的心灵带来了凉意，给这死亡的世界带来了生命。

风变成了汉子。这汉子像披着斗篷骑在马上的侠客，威武地奔动过来，在田野上"呼啦啦"地旋转着，寂寞不堪的田野重新有了响声：湖水的"哗哗"声、树梢的"沙沙"声……

风使风车圆满地转动着。

二疤眼子和父亲进了窝棚，倒头便睡……

6

父亲推了推二疤眼子:"降成半篷吧。"

二疤眼子迷迷糊糊地望着父亲:"满篷不是挺好吗?"

父亲担忧地望着天空:"怕有大风。"

二疤眼子不同意:三十亩地的秧苗快要渴死了,哪能让风车慢转?

父亲犹豫了一下,就没有再坚持。

风车"呼呼"转动,父子俩又沉沉睡去。

二疤眼子突然觉得有件东西打在额头上,惊醒了过来。他几乎不能相信:我怎么在天底下?我们的窝棚呢?

窝棚被骤然而至的飓风,一忽拉卷走了。

二疤眼子摸了摸流血的额头,又摸了摸打在他额头上的木头,还在疑惑。

父亲面如土色:"大风!"

二疤眼子弹跳起来,朝风车跑去。

"不能去!"父亲大叫道。

黑咒语
HEIZHOUYU

二疤眼子在狂风中被泥土草屑打得睁不开眼睛，抱着脑袋蹲在地上。

风暴烈地从天边横扫过来，它吼叫着，扭动着，旋转着。它像一把巨大而锋利的砍刀，削断了树枝，砍倒了桥梁，一副锐不可当、削铁如泥的凶相。

风车的六根铁缆，在颤索，在"呜呜"地鸣响，在发出悲惨的呼救声。

二疤眼子看着风车，由于风车的急速旋转，风车篷与篷之间的缝隙完全消失了，看上去像一只飞速转动着的硕大无比的铁桶。

这就是父亲说的——鬼推车！

在二疤眼子的幻觉里，无数怪僻的鬼，一个挨一个，伸出毛茸茸的双臂，疯狂地推动着风车，他们叫喊着，神经病一般地跳动着，二疤眼子甚至听到了不计其数的小鬼由于没赶上疯狂的节奏、被后面的鬼们所践踏而发出的凄厉的叫喊声和呻吟声。

风传来了远处乡亲们的惊恐呼叫：

"风！"

"风车！"

"抢篷！"

风也传来了母亲的号啕声。

母亲跌倒了,跪在狂风中,苦苦哀求苍天。

二疤眼子向前倾着身体,朝风车走去。

父亲拄着拐杖,屹立于狂风之中,望着儿子的背影。

二疤眼子走到风车跟前,风车转得二疤眼子有点头晕,他定定神,继续往前走,他先是觉得有强劲的气流从风车的中央喷吐出来,使他难以靠近,但当他又往前靠近了一些时,却又立刻觉得风车漩起的气流的漩涡,具有可怕的吸力,他立即趴在地上,这时,他更真切地听到了风车的声音:篷从空中劈过时的"刷刷"声、榫被摇晃扭动时发出的"吱呀"声、水槽中传出的刮水板折断了的"噼啪"声……

恐怖布满了二疤眼子四周的空间。

二疤眼子往回爬来了。

父亲低下头颅。

二疤眼子无能地站在父亲面前,那样子显出几分猥琐。

风车在飓风中颤抖摇晃着。

父亲长叹一声:"完了,都完了!"

黑咒语
HEIZHOUYU

"完了!"

"都完了!"

这声音震撼着二疤眼子的灵魂,他转过身去,像匹走投无路、只有决一死战的瘦狼,朝风车扑去。

他爬到风车下,看准了绳索的活扣,跃起身抓住,猛一使劲,只听见"哗"一声,一叶篷落下了。第二叶、第三叶,都还算顺利地落下了。但到了第四叶时,二疤眼子用尽力气,也未能拉脱绳扣,却被风车在地上拖了两圈。余下四叶篷,同样未能落下。

"风大,绳被扯出滑轮,卡住了!"父亲说。

"我爬上去!"

"不能!"

二疤眼子爬到了风车的中轴下。

父亲跌跌撞撞地走过来:"不能爬,不能啊!"

二疤眼子根本不听父亲的劝阻,抱着中轴就往上爬。

父亲仰望着越爬越高的儿子,双手直抖。

高空中的风更是威风,它一次又一次地要将二疤眼子扯下来,二疤眼子用腿死死夹住中轴,紧紧吸着它,一寸一寸地往上挪。现在,他竟没有一丝恐惧,一番英雄气概使他感到自己高高地飘扬在空中。

"我上来啦!"二疤眼子在风车顶上向整个世界大声喊叫着。

父亲朝他摇着大手。

他用尽全身力气,使一叶篷落下了。当他将另一叶篷的绳索抠回到滑轮上时,一股强风像一只无形的大手将他一把抓住,从车顶向远处甩去……

父亲闭上了眼睛。

二疤眼子在空中划了一个弧,却落在了湖里。他在湖水中挥动着双手,向风车"嗷嗷嗷"地叫起来。

父亲爬到湖边,向二疤眼子伸出手去。

天下起大雨来。

父子俩坐在湖边上。

只有四叶篷的风车在均匀地转动着。

雨中,父亲给二疤眼子一下一下搓着他瘦背上的污垢,不时地用力在他的背上猛拍一巴掌……

1987年4月8日于北京大学21楼106室

曹文轩老师手迹·一

人有一颗善良之心，活着大概才会安静。满腹狐疑，一腔仇愤，将人类看成另一类的一支，睁着眼一只眼睛，活着就太紧张，太伤身心，就会短寿。即使长久地活着，也活得很难受，很缺乏境界。要好好地看这个世界，就看到恶的一面，更要看到善的一面。既然这世里有学会宽恕，学会运用善的力量去化解恶。学会容忍，学会运用善的力量去化解恶。有着仇恨，就更要受千万老人道的旗帜。文学永远倾倒在爱的一面，写恶，而是揭露恶，使之收敛乃至消亡，从而让善美丽地笼罩这个世界。

文学肯定要给人带来欢乐。但无节制的欢乐，会带来轻浮之滥并论，并会使人失去深刻的思考。文学当然要给人带来快感。但快感不仅仅止有欢乐。痛苦也是一种快感。元这如何，痛苦之美是若干种美之中的最高等级的美。在享乐主义的今天，在文化趋向轻飘而逝去/失去往日的庄重、深沉、幽远和宏伟的今天，得有些让人（自然包括孩子）痛苦的文字。有时流泪大概比欢笑更能解除心灵之郁结。苦药与甜食，都有益身体。

曹文轩美文朗读
·珍藏版·

 哭泣的火焰

 黑暗中的游戏

 黑咒语

 红菱船

 大草垛

 古堡·影子

 花指头

 龙脊梁骑大马